大借金男
百閒と
漱石センセイ

小森陽一
浜矩子

新日本出版社

はじめに

内田百閒《ひやっけん》は夏目漱石の弟子です。とっても奇抜なお弟子さんでした。天真爛漫《てんしんらんまん》な性格なのに、実に不気味で怪異なる小説をたくさん書いています。どんなに大胆不敵に異様な世界を描き出していても、その筆致は、鋭くて精緻《せいち》で繊細です。

漱石先生をこよなく敬愛し、先生の前ではいつも極度に緊張している。その割には、療養中の先生の宿に押しかけて先生から借金をするのです。その宿で先生が夕飯を御馳走してくれると、おカネを用立てていただいた上、そこまでして下さるなんて……と感涙にむせんで平身低頭するかと思いきや、ビールも飲んでいいですかとおねだりしてしまいます。袂《たもと》に文鳥を入れて、先生の家につれて行ったりします。純真なのか図々しいのか、皆目、わかりません。謎の男です。

小森陽一先生と何回かお目にかかる機会を得る中で、この漱石研究の大家が、謎の男、内田百閒をどんなふうに評価されているのか、是非、知りたくなりました。そこで、伺ってみました。その時のやりとりがきっかけとなって、本書が誕生したのです。

謎の男は、借金男でもありました。本書のタイトルにある通り、大借金男でした。漱石先生からばかりではなく、高利貸しからも質屋からも、友人からも、同僚からも、カネを借りて借りて、借りまくりました。その有様に関する百閒先生ご本人の随想や、そこから派生した小説の中には、経済活動というもののカラクリと、それを支えるカネの天下の回り方が実によく描出されています。今回、これらのことをあらためて痛感しました。この感触は以前から抱いていたものですが、小森先生との対談を通じて、一段と認識が深まりました。

大借金男には、大借金男であるがゆえに、カネの天下の回り方がよく見えるのです。純真さと図々しさがないまぜになっているから、物事の本質がよく見える。破天荒だから、上辺《うわべ》の取り繕いに騙《だま》されない。条理の世界のすぐ裏手にへばり付いている不条理の世界が見えるから、条理の隠れ蓑《みの》を被《かぶ》った屁理屈に丸め込まれない。百閒ワールドは果てしなく奥深く、その魅力は尽きることがありません。本書第一部における小森先生と筆者の、手に汗握る丁々発止《ちょうちょうはっし》で和気あいあいで呼吸ぴったりの言葉のキャッチボールの中から、この百閒ワールドの醍醐味《だいごみ》を読み取っていただければ、誠に幸いです。

本書の第二部には、今日のパンデミック状況下にあって、漱石と百閒の時代に思いを馳せつつ、小森先生と筆者がそれぞれに執筆した論考が収録されています。併せてご覧いただければと存じます。

二〇二〇年秋

浜　矩子

目次

＊一は二〇一六年一一月一八日に朝日カルチャーセンター新宿において行われた対談を土台にしたものです。
また、二のうち、「漱石文学の中の感染症」は『すばる』二〇二〇年九月号に掲載された「漱石の時代と感染症」を土台に加筆・修正したものです。

一　漱石・百閒の珍問答が映すカネとヒト

小森陽一×浜矩子

小森　山本芳明さんが『漱石の家計簿』（教育評論社、二〇一八年）という本を書いておられます。『漱石辞典』（翰林書房、二〇一七年）をつくったとき、山本さんに「漱石とお金」というテーマで書いて下さいと依頼したら、調べているうちに、あまりにも面白すぎて一冊の本ができてしまったという、なかなかすごいいきさつのある本です（笑）。

浜　辞典の一項目が一冊の本になってしまったのですね。

小森　そうなのです。ことほどさように、漱石とお金の問題というのは、奥が深いわけです。

漱石はしばしばお金の問題を、作品の中で詳しく叙述しています。小説を書き始めた最初から、金銭問題に一つのこだわりをもっていたともいえそうです。

『吾輩は猫である』は漱石のデビュー作ですけれども、その冒頭付近で、車屋の「黒」という猫と「吾輩」の会話を描いています。車屋の「黒」は、自分が一生懸命鼠《ねずみ》を捕っても、飼い主である人力車夫がそれを交番に持っていって五銭で売ってしまうと言っています。実際に当時、交番では鼠を買いとっていたのです。「黒」は、自分は鼠を「三四十はとったろう」というのですが、「うちの亭主なんか己《おれ》の御蔭《おかげ》でもう壱円五十銭くらい儲《もう》けていやがる癖に、碌《ろく》なものを食わせた事もありゃしねえ」と憤っているわけです。つまり「黒」は飼い主に、自分が捕らえた鼠を収奪されている。そういう、奴隷主対奴隷のような関係がわかるようになっているところからあの小説は始まっているわけです。

『坊っちゃん』も初めから終わりまでお金の話題が出てきます。語り手でもある主人公の「おれ」は最初、父親が死んで、お兄さんが全部財産を売り払ってしまったところから語り始めます。そこから六〇〇円を主人公はもらい、それで三年間物理学校に行ったと書かれています。当時の物理学校の学費はだいたいわかりますから、それを差し引くと主人公が月いくらで生活していたかも計算できます。作品では赴任先の宿に着いた頃に、学資を三〇円余らせて持ってきたという叙述があります。つまり物理学校に通っていた時期、一年に一〇円ずつ余らせることができたということになります。そこから考えると、主人公である坊っちゃんが物理学校の三年間、どういう生活をしていたかがわかるのです。当時の読者がそういうイメージを持てるよう漱石は書いています。

さらに、その余らせた三〇円のうち、交通費などを除いた残りが一四円。暗くて狭い部屋をあてがわれた坊っちゃんが、自分をみくびった旅館側を驚かせてやろうと、その一四円の中から五円の茶代（チップ）を渡す場面があります。では、東京から赴任先の松山に向けて発ち、着いた時に、坊っちゃんはなぜ三〇円のうちの一六円を使っていたのかということについて、当時の汽車賃や汽船のチケット代を調べますと、坊っちゃんは東京から一等車に乗ったのだろうと、当時の読者であれば推測できるのです。つまり、坊っちゃんは三年間の物理学校での生活を、窮乏生活として耐え、就職先は決まったけど月給四〇円程度の田舎の学校である、ならばここで一発贅沢をしてやろうと考えたのではないかということが、当時の金銭感覚から読者には読み取れるわけですね。

浜　おもしろいですね！　作中人物の暮らしぶりや心持ちを、お金の問題を通して表しているということですね。

小森　そうなのです。漱石が生まれたのは明治改元の前年の一八六七年、亡くなったのは大正五年ですから一九一六年、第一次世界大戦のさなかです。つまり、日本も近代資本主義の道に踏み出し、「殖産興業」「富国強兵」の果てに、やがて「列強」と呼ばれる帝国主義諸国の一員にもなって、領土の分割をめぐる戦争にも手を染めていく、そうした時代です。その漱石が、自らの作品の中でお金の問題について詳細な描写をしていることには、浅くない意味があると思います。

帝国主義の時代を漱石はどう見ていたか

大日本帝国が進めた帝国主義戦争の末路を、『俘虜記』（一九四八年）で鮮烈に描き出し、戦後文学の中軸を担い、戦争の本質と全体像を捉えようとした『レイテ戦記』（一九七一年）をまとめた大岡昇平氏は、ベトナム和平協定が結ばれた一九七三年の一月と翌月の雑誌『世界』（岩波書店）に、「漱石と国家意識」という論文を発表しました。

大岡さんは、日露戦争直後に執筆された『草枕』の末尾近くの「汽車程個性を軽蔑したものはない」という主人公の「画工《えかき》」の文明論の一節を引用して、漱石の帝国主義戦争についての認識について明らかにしていきます。

『草枕』からの引用の重要な部分は次の表現です。

　憐むべき文明の国民は日夜に此鉄柵に噛み付いて咆哮《ほうこう》して居る。文明は個人に自由を与へて虎の如く猛からしめたる後、之を檻穽《かんせい》の内に投げ込んで、天下の平和を維持しつつある。此平和は真の平和ではない。動物園の虎が見物人を睨《にら》めて、寝転んで居ると同様な平和である。檻の鉄棒が一本でも抜けたら——世は滅茶々々になる。第二の仏蘭西《フランス》革命は此時に起るのであらう。

大岡さんが注目するのは「第二の仏蘭西革命」の意味するところです。これまでの漱石研究者が、この部分にきちんとした注釈をしていないことを批判しながら、こう指摘しています。

このフランス革命論議について、注釈者たちは無視するか、なるべく穏便に解釈して『草枕』を低徊趣味の枠内に止めようとしていますが、文意は明瞭です。フランス大革命は二百年前、国王処刑まで行った革命で、「第二の」の意味の取り違えようはありません。レニングラードの一九〇五年（明治三八年）の冬宮侵入事件は日露戦争を終熄に導いたので、その情報は日本で宣伝されたはずです。十年後に起ったロシア革命を予言している、と誇ったらどうでしょう。そしてこの観点は『草枕』と同じ三十九年の末に書かれた「二百十日」「野分」につなげるのです。

大日本帝国が、日清から日露へという、帝国主義戦争の時代に突入した中で、そうした状況を転換する「第二の仏蘭西革命」を予言していたのが、漱石夏目金之助だったというのが、大岡さんの解釈です。一九八二年に成城大学に就職し、成城学園（幼稚園から大学まで）の新入教職員歓迎会で、大岡昇平さんとお話ができたことが、私にとっての漱石研究の出発点になっています。（小森）

小森　それはともかく、浜さんは内田百閒《ひやっけん》の愛読者だとうかがいました。言わずと知れた漱石門下の一人です（内田百閒は一八八九年生まれ、一九七一年没。漱石の弟子になるのは一九一一年）。

浜　ええ。そしてその百閒が、漱石先生から金を借りた話を、たびたび書いている（笑）。

小森　「漱石とカネ」という観点からも、百閒は興味深い人です。どうして浜さんは内田百閒がお好きなのですか？

漱石先生から借金する弟子・百閒

浜　もともと母の影響で日本の近代文学には親しんでいたのです。百閒先生との馴《な》れ初《そ》めも、母に彼の「贋作　吾輩は猫」を読むよう薦められたことでした。そこを出発点に、結局は百閒さんの作品を手当たり次第読み進むことになったのです。その過程で、内田百閒さんという人は、作品はものすごく幻想的なものが多いのに、実生活に幻想性は微塵《みじん》もなく、生涯を通じて何とも生々しく、金を借りて、借りて、借りまくっていたことを発見するにいたりました。百閒好きの皆さんはよくご存知の通りです。

異界との境界面が薄い百閒ワールド

百閒作品のどれが好きかと問われれば返答に窮します。いずれ甲乙つけがたし。薄気味悪いものは薄気味悪いものなりに。詩的なものは詩的なものなりに。爆笑タイプは爆笑タイプなりに。いずれ劣らず輝いているのです。

ただ、私が繰り返し読むのは、やはり薄気味悪系の作品です。我がお化け好き・ホラー好きは母譲り。毎晩のように、二人で怖いDVDを鑑賞しつつワインを傾けて、悦に入っているのです。百閒先生の薄気味悪い系作品は、とってもシュール。対談でふれるように、筆者はシュールレアリズム絵画の大奇人、サルバドール・ダリが好みですが、百閒先生にも、ダリ的なところがあるのです。得体の知れないぐちゃぐちゃしたもの、ぬるぬるしたものが、何の脈絡もなく出現します。

例えば「東京日記　その八」。女の家で彼女と向き合っていると、女中さんたちが籠をたくさん持って来る。その中では、「生温かい毛の生えたものが縺《もつ》れ合っていて、どれだけが一つなのか解らなかった」。そのうち、この奇怪な獣が籠から這い出して来て、百閒先生の身体の様々な部位に噛みついてちゅうちゅう吸う。この感じが何ともダリ風でたまりません。たまらなく嫌でたまらなく笑えます。

シュールはシュールでも、作品によっては無機質なシュール感が漂うものも。「坂」がそうです。オープニングは少々ねっとりしていますが、佳境に入るとともに無機質になるのです。見知らぬ男と先生が坂を下りて行く。坂を下り切ったところには、二人の小さな男の姿がみえている。だが、そこにたどり着くと彼らはいない。そして、足元からまた下り坂が始まる。そして、その先に二人の小さな男の姿がみえている。だが、坂を下り切ると彼らはそこにいない。そして、また下り坂が始まる……。この冷たくて静寂な不条理感は、とてもルネ・マグリット的だと思います。

ここまで来て、ふと、「クラウチ・エンド」というホラー短編に思いが及びました。百閒先生の作品ではありません。現代ホラー界の大御所様、スティーブン・キングの小品です。クラウチ・エンドは地名で、実際にロンドンの一角に存在します。そこは変なところ。我々が住む普通次元と、異次元との境界面が薄いのです。だから、うかつにうろついていると、すぅと異次元の方に踏み込んでしまいます。そこには何が忍んでいるかわからない。あっち側からこっち側に異界のものがまぎれ込んで来ることもあります。首から上が狼ルックな男がたたずんでいたりします。

百閒ワールドにおいても、普通界と異界を分かつ幕はとても薄いのではないでしょうか。「東京日記　その四」では、ある日突然、丸の内から丸ビルが消えたりしています。翌日には、何事もなかったように丸ビルがそこにある。トンカツ屋さんで飲み食いしていると空を稲妻が走る。稲光に出らしだされたお客さんたちの「その顔は犬だか狐だか解らないけれど、みんな獣が洋服を着て、中には長い舌で口のまわりを舐め回しているのもあった」(東京日記　その六)。

異界との境界面の薄さは、例え爆笑ものであっても、常に感じられます。すぐそこに異界があることが解るのです。「猫が口を利いた」は実に爆笑度が高いけれど、何しろ突如として猫がこともなげに「ダナさん、ダナさん」と話しかけてくるのだから、異界度も高いです。スティーブン・キングが百閒先生の存在とその作品群を知ったなら、どんなにか驚嘆することでしょう。彼のために百閒ものをどれか翻訳してあげたくなってきました。

(浜)

浜　百閒さんは、陸軍士官学校や法政大学予科でドイツ語を教えていた人ですから、それなりにけっこうな給金をもらっていたのです。そうそう金に困るような境遇でなかったわけです。ところが、むやみに身の程知らずのぜいたくをする。身の丈に余る生活ばかりするから、すぐに金欠状態になってしまう。だから借金を重ねる。本質的に赤貧状態にあるわけじゃない。普通にまともに、生真面目に生活していれば、そうそう窮地に陥ることもなかったはずです。ところが、堅実な生活というものを営もうという気がまるでない。たまには、それを決意しようかと思う場面もあるのですが、すぐに忘れる。ひたすら、破天荒に生きては借金でその場をしのいで行く。そのことに、決して後ろめたさや恥ずかしさを感じない。「平気で借金する男」、それが内田百閒でした。それが証拠に、とても嬉しそうに自分の大貧民振りを繰り返し作品の中で紹介しています。

そして、この「平気で借金男」が、あろうことか、何と漱石さん、つまり自分のあこがれの大先生からも多額の借金をしているのです。しかも、その顛末《てんまつ》について自ら平気で楽しそうに書いている（笑）。

もっとも、私の理解が正しければ、「平気で借金男」弟子入り時点で漱石先生は、既にかなり懐具合がよくなっていたはず。ですから、「平気で借金男」としても、あまり遠慮する必要がそもそもなかったという面はあるでしょう。確か、その当時の漱石といえば、執筆している机のかたわらに札束が積み上がっていて、必要に応じてそこから無造作にお札を引っ張り出しては諸々の支払いに当てていたのですよね。ですから、「平気で借金男」の無心に対しても、「そこから適当に持ってって」みたいな乗りで対応したのではないかと思われます。あっ、小森先生もきっとそうですね。お札山盛り状態で。

小森　いや、私はこの歳になってもお金はまったく儲かりません。文学ではお金は、出ていくことはあっても儲かるなどということは……（笑）。

浜　まぁその真偽はともかく（笑）、内田百閒は、自分の師匠が親戚筋からの金の無心に悩まされていたことは知っていたはずです。漱石の自伝的小説とされる『道草』（朝日新聞に連載されたのは一九一五年）にも、主人公が養父からの絶え間ない金の無心に苛《さいな》まれている様子が描かれている。そこに漱石師匠が投影した思いについては、お弟子の百閒さんも重々承知していたはずです。それでも、「平気で借金男」を貫き通すところがすごい。しかも漱石師匠が病気療養しているところにまで、借金をしに出掛けたというエピソードまである。これぞ、「平気で借金男」の度胸と愛嬌《あいきょう》の超絶ブレンドというべきでしょう（笑）。

百閒作品は、お好きな皆さんがよくご承知の通り、その多くがものすごくシュールで幻想的。そして、そこにはとても繊細で詩的な感性が滲《にじ》み出ている。私はシュールレアリズム絵画が大好きです。中でも一番好きな絵描きさんがスペインはバルセロナ生まれの超巨匠、サルバドール・ダリなんですが……。

小森　ダリが一番お好きなのですか？　うわー。

浜　そう、ダリが一番好きなんですね。そして、百閒流幻想小説のあの異様さと奇想天外さにちょっとダリ的なものを感じるんですね。

小森　なるほど。

浜　そういう凄いものを書ける人が、かたや、「平気で借金男」をやってのける。この不揃い感が何とも面白い。もっとも、ダリも平気で何でもやらかす男ですし、この二人の奇異さには、結構、共通するものがありそうな気がして来ました。百閒先生は、自分が借金に借金を重ねる有様を、恥も外聞もなく『大貧帳』という短編集にひたすら書きまくっている。延々たる大貧民物語に、百閒が大好きな母もうんざりして途中で放棄しました。

さて、そこでさっきの師匠の病床へのおしかけ借金の話ですが、あれは確か、漱石先生が湯河原の旅館で病気療養中のことでしたよね。話は、まず大貧民化した百閒がいかにして湯河原までの旅費を工面するかという珍顛末から始まる。これから師匠に申し訳ない頼み事に行く段階のことだというのに、そこに至る面目ないイキサツを延々と語るという感性もなかなかのもの。

そして、いざ師匠の枕元にたどりついたとなれば、何の怯《ひる》みもなく、堂々と借金を申し入れてしまう。この感じは一体何なのか。師匠はこれをどう受け止めていたのか。常日頃からこの辺りについて思案してきました。そこで、漱石の専門家である小森先生にこの疑問をぶつけてみたいと思って今日は参った次第でございます（笑）。

『道草』と漱石の生い立ち

『道草』（一九一五年）の第三九回で、主人公の健三が、養子にやられていた子どものころの記憶を想起する場面があります。

彼は其処《そこ》で疱瘡《ほうそう》をした。大きくなって聞くと、種痘が元で、本疱瘡を誘い出したのだとかいう話であった。彼は暗い櫺子《れんじ》のうちで転げ廻った。惣身の肉を所嫌わず掻き挘《むし》って泣き叫んだ。

「種痘」とは痘瘡《とうそう》（天然痘）の予防接種のことであり、日本では幕末に蘭学医たちの提案により一八五八年（安政五年）に、神田お玉が池に開設された種痘所から始まりました。ここが西洋医学の拠点となり、後の帝国大学医学部につながっていきます。

明治政府は一八七〇年（明治三年）に太政官達《だじょうかんたつし》で、種痘を受けることを国民に奨励しました。

一八六七年生まれの漱石夏目金之助は、生後すぐに塩原昌之助の養子となっていました。三歳のときに種痘を受けさせられ、「本疱瘡」にかかってしまったのです。

私たちが知っている漱石夏目金之助の写真を思い起こしてみると、多くが左頬をカメラに向けた姿だということに気がつきます。子どもの時にわずらった疱瘡の跡としての痘痕が右頰にあったからです。

『道草』の健三は、この「疱瘡」の記憶を媒介に、養父母である「島田夫婦」と生活していた子どもの頃のことを思い出していくことになります。そして健三は「島田夫婦」から、「御前の本当の御父《おとつ》さんと御母《おつか》さんは」と、繰り返し「訊」かれたことを思い出します。

ことに御常は執濃《しつこ》かった。

「御前は何処《どこ》で生れたの」

こう聞かれるたびに健三は、彼の記憶のうちに見える赤い門――高藪で蔽われた小さな赤い門の家を挙げて答えなければならなかった。御常は何時この質問を掛けても、健三が差支えなく同じ返事の出来るように、彼を仕込んだのである。

島田夫婦によって「専有物」にされていた子どもの頃の記憶が想い起こされることになり、それが健三にとって「身体の束縛」であると同時に「心の束縛」でもあったことが明らかにされていきます。その意味で『道草』という自伝的小説は、漱石夏目金之助が、塩原金之助であることを強いられていた時期の、自らの精神分析を行った文学的実践だということがわかります。（小森）

小森　実はその疑問を持ち出されて、私も困っておりまして、基本的に私は、「借金だけは絶対にしてはいけない」という教育を親から受けたのですよ。それはなぜかわからないけど、たぶん父方の祖父のお金の使い方の問題があったのかなとは思いますが、とにかく借金は恥であり、それからそれは資本主義のもっともよくないところだということを共産主義者である父親にいわれて育ちましたので……（笑）。

おそらく「漱石雑話」という百閒の講演録の一つに、浜さんが紹介された一件――漱石に借金をしにいった時のできごと――が、いちばん明確にまとめられているかと思われます。ただ、百閒にとってこれは何度も書いている話題で、詳細なものはものすごく詳細に書いてあったりして、そういうものの中には、浜先生が先ほどおっしゃった「札束が積まれていたところからもらった」っていうくだりがあるわけです。

たとえば『つはぶきの花』というエッセイ集に「質屋の暖簾」という文章がありますので紹介しましょう。

途方にくれた儘《まま》でふさいでゐたが、思ひ切つて漱石先生に訴へてみた。すでに家を構えてゐたので、ただ手許のお小遣に不自由すると云ふだけの事ではなかつた。しかしその困り方をくどくどと先生の前に列べる事はしなかつた。ただ、お金がなくなつてしまつて困ってゐます、と云つた。「ふん」と先生が云つて五円札を一枚くれた。
その時分の五円が今のいくらに当たるか、よくわからないが、何しろおろそかな金高ではない。先生の黒檀の机の左の隅にお札の束が積み重ねてあつた。その方へ目をやつて、「春陽堂が持つてきたのだよ」と云つた。
印税を届けに来たのだらう。いつ来たのか知らないが、だからいつからそこに積んであつたか知らないが、先生はその前に座り込んでにがり切つてゐる。その様子を今でも思ひ出す。きつと奥さんがお留守で、片附けられなかつたのだらう。

この最後の「奥さんがお留守で、片附けられなかつたのだらう」って、微妙ですよね。

浜　ええ、たしかに。

小森　どうお読みになりました?

借金は人を「信用」する行為（である場合も）

浜　要は、奥さんが片づけなければ何も片づかないおうちだったということですよね。

小森　全部うちまわりのことは奥さん任せで。実際そうだった。

浜　『道草』の中の夫婦関係にもこの状況が投影されていますね。漱石先生の家では、奥さんが片づけない限り何も片づかない。だから、黒檀の机の左の隅にお札の束が積み重ねてある。それは漱石本人の意志とは関係がない。ご本人のカネというものへの無関心さとか軽蔑感とか、そのようなものの反映でもない。手近にカネが積んであることが都合がいいという利便性の問題でもない。ただ単に片づけられなくて、片づけてくれる奥さんがお留守だったから、金がそこにある。この構図を見抜いているところに百閒的鋭さと洞察力が垣間見えていると思います。

いずれにせよ、この二人におけるカネの位置づけの違いは面白いですね。師匠にとって、金はそこに積まれているもの。弟子にとっては、カネは貸してもらうもの。百閒は、カネを借りると貸してくれた相手がいい気分になるから、借金は人助けだとも考えていたようで……。時に、小森先生は「借金が罪悪である」というふうに育てられて、今も借金はされてないんですか？

小森　してないです。なんとかぎりぎりのところで、やっています……（笑）。

浜　微妙なところなんですね。借金してらしたら話がさらに盛り上がったところですが……（笑）。

漱石先生は、机の隅の現金の山を眺めながら、「これを銀行に預ければ利子がもうかるな」などとは毛ほども思わなかったのでしょうね。だとすれば、彼にとって金は、実はカネではなかった。ほぼモノだということになる。なぜなら、金はそれを貸して利子を稼ぐ人と、それを借りて利子を払う人がいて、初めて、金たり得るのです。その意味では、金は借りてやることこそ正解なのだという考えは、実はなかなか経済感覚に長《た》けている。

小森　そうなんですか！　なんだか面白くなってきた。

浜　そう。小森先生のように、借金を罪悪と受け止めるのは健全な感覚だと思います。ただ、カネを借りる人と貸す人がいると、そこに「信用創造」という経済現象が生まれる。それが通貨と金融の世界の考え方です。そして、信用創造があってこそ、カネは本格的に天下の回りものになる。

小森　それは文字でいうと、「信用する」とか信用金庫の「信用」？

浜　その通りです。「創造」はつくりだすという意味の、「天地創造」の創造です。

小森　なるほど、すごい漢字四字熟語ですね……。

浜　信用創造という言葉は、経済用語としては債権・債務関係の発生を示します。ですが、そこには、実は文字通りに信用が創造される、つまり人と人との間に信頼関係が生まれるという作用があるのです。人は、信用出来る相手にしかカネを貸さない。信頼出来る相手からしかカネを借りない。これが基本ですよね。むろん、背に腹は代えられず胡乱《うろん》な相手から借金することもあれば、そうした弱みに付け込んでくる高利貸しもいる。ですが、やはり貸借関係の背後には基本的に信頼関係がある。それが人間の営みとしての経済活動の王道のはずです。信用創造という言葉の中にも、それが現れていると言っていいと思います。

信用創造と経済活動の関係ということでいえば、たとえば、銀行が企業に融資し、企業がその借りたカネで設備投資をしたり、働く人を雇ったりすれば、それが経済活動の一段の拡大につながって行く。設備投資は機械や原材料への需要増をもたらし、働く人々が増えれば、それだけ消費や住宅購入などが増えますからね。こうして経済活動が活性化していくことは、人々の生活をより豊かで充実したものにしていくという意味で、なかなか結構なことであるわけです。しかも、こうした効用をもたらすカネの貸し借りが人と人との信頼関係の賜物《たまもの》だということになれば、こんなに素敵なことはない。

ところが、そのような特性を持つ信用創造機能について、一方では借金を罪悪とみなす考え方もある。ここが面白いというか、不思議なところですね。

小森　キリスト教が長きにわたって、借金を罪悪視してきた影響というのもあるのではないですか。

浜　そうですね。ただ、聖書の中でダメだと言っているのは、借金というよりは、カネを貸して法外な利子を請求すること、見返りを求めてカネを貸すことですね。「無償の愛こそ究極の愛」というのがキリスト教的教えの本質ですから。

小森　私が聞いたところによると、カネの貸し借りで利子を取るというのは、神がつくりたもうた時間を、不労所得のもとにするのはけしからんとキリスト教ではきびしく――少なくとも表向きは――考えていて、それで金の貸し借りはユダヤ系の人々に任せておいたから、シェイクスピアの『ヴェニスの商人』の物語が出てきたのだと、漱石の『明暗』を書き継いだ水村美苗さんのおつれあいである岩井克人さんの『ヴェニスの商人の資本論』（筑摩書房）で学んだような気がします（笑）。

浜　なるほど、そうでしたか。もっとも、聖書の中には、次の話があります（マタイによる福音書：14－30）。旅に出る主人から、三人の僕《しもべ》が財産の保管を託される。そのうち、二人はそのカネを運用して倍にしておく。すると、主人に大いに褒められて出世する。ところが、残りの一人は弱虫で、厳しいご主人様が恐くて仕方がない。だから、託されたカネもなくすと大変というので、穴を掘って埋めておく。するとご主人様は激怒して、「そんなに私が恐いなら、託したカネを銀行に預ければよかったじゃないか。そうすれば、利子付きで返してもらえたのに！」というのです。そして、この役立たず僕は外の暗闇に放逐される。

小森　そうなのですか！　それでは、金の貸し借りもいいのですね（笑）。

浜　いいみたいです（笑）。でも『ヴェニスの商人』では、たしかにアントニオという商人が利子なんて取るのは汚らわしいと言い、無利子で誰にでもカネを貸しますと宣言するわけです。もっとも、このアントニオの構えがどこまで本当にキリスト教的な無償の愛の表現なのかは、少々、疑わしい。ただ単に、ユダヤ人高利貸しを貶《おとし》めたいがためのポーズかもしれない。

小森　なるほど、そのあたりは一六世紀のローマ教皇庁が免罪符を売りまくってカネまみれになっていたというような問題とも関わってきますかね。

浜　関わってくると思いますね。

小森　漱石はその問題にこだわっていたのです……。

浜　宗教界の欺瞞《ぎまん》にはご用心ですね。中世ローマ教会の腐敗ぶりには、目を覆うものがありました。あの時代環境の中では、カネの貸し借りも、あまり人が人を信用するという関係の中でのやり取りではなかったかもしれませんね。

関連でご紹介しておけば、信用創造という言葉の語源がとても面白いと思います。信用創造を英語でいえば credit creation です。credit は経済用語的には債権を意味する言葉ですが、語源はラテン語の「credere＝信じる」にあります。英語としても、creditworthy といえば、金融用語的には「債務返済力が高い」や「債券格付けが高い」の意ですが、もともとの意味は「信じるに足る」です。ちなみに「クレドカード」というのがありますよね。最近日本でも使われています。これは企業のヴィジョンとか経営理念のようなものをリストアップしたもので、いわば「信条宣言」カードですが、クレドは credo、これは credere の一人称単数現在形、英語でいえば I believe にあたります。さらにいえば、credo はキリスト教信者にとって最も大切な祈りの一つの名称にもなっています。日本語でいえば「信仰宣言」です。この祈りの出だしが、ラテン語で“Credo in unum Deum”です。Credo はさっきの credere の活用形で、一人称単数現在形。「我は信ず」の意です。Unum Deum は唯一の神。つまり、この祈りはキリスト者が「我は信ず、唯一の神を」と言い切るところから始まる。その祈りの出だしの credo と信用創造の credit が重なっているところには、なかなか深淵なものを感じます。「平気で借金男」は、実は意外と崇高

な営みに携わっていた⁇

それはともかく、金融の世界の根底には、元来、人が人を信用するという信頼関係がなければいけないということを、我々は見落としてはいけないと思います。そこから派生する重要な原則がもう一つあります。それは、金融の世界は基本的に相対《あいたい》取引の世界でないとダメだということです。

ところが、この原則が次第に大きく崩れて来ました。かのリーマンショック（二〇〇八年）という名のグローバル金融恐慌は、まさにこの原則が崩れたことによって発生したといっていい。具体的には、「金融の証券化」という手法が、金融を相対取引の世界から不特定多数間貸借の世界に引きずり込んでしまったのです。

まず、「サブプライムローン」という名の個別ローン債権を、銀行が証券会社にまとめて転売した。証券会社は様々な銀行から買い受けたローン債権を適当に束ねて、束ごとにさらに転売していく。ローンの束を証券会社から買った投資家たちには、束の中身がよくわからない。福袋のようなもので、当たりはずれのリスクが大きい。袋の中身がわからないのですから、信用も何もありません。信頼している相手同士の一対一の貸借関係からは、およそ、かけ離れてしまいました。この状況の中で、「金融証券化商品」という名の夥《おびただ》しい数の金融福袋が次々と「金融災い袋」に変質していってしまった。これがリーマンショックの顚末でした。

近頃は、ビットコインなどの暗号通貨を使って不特定多数から資金を集める「クラウドファンディング」などというやり方もはやっていますが、あれも、知らない者同士によるネット上のやり取りですから、およそ相対性がない。そこに本当に信用創造があるとはどうも考えにくいですね（ただし、コロナ禍で苦境に立たされた商店などに対するカンパ的な意味をもったクラウドファンディングなどは、一定の信頼関係に基づいたものだともいえますが）。

小森　なんだか、とんでもないことになっているのですね……。

浜　そうなんです。こんな今日的状況に比べれば、百閒先生と漱石師匠の間の信用創造は実に本物ですよね。何しろ、転地療養中の師匠の枕元でカネの無心をするのですから、この相対性は凄い。病床に押し掛けるということをやってのけてしまってもOK、という師匠への信頼感も凄い。実に正統派型信用創造の場面です。もっとも、「平気で借金男」のあの生態を思えば、別に信用などしていない相手でも、ひょっとして見ず知らずの相手でさえ、「こいつ、貸してくれそうだ」と思ったら掛け合いを始めてしまうかもしれませんね。Credere など何するものぞ（笑）。

サブプライムローンの証券化はこうして蔓延した

リーマンショックの時に、なぜ債権の証券化が頻発するようになったのかといえば、それは、結局のところ金欲と金欲の出会いの産物でした。金融機関がサブプライムローンを証券会社に転売したのは、サブプライムローンをどんどん組成し続けたかったからです。サブプライムローンは、プライムレートすなわち最優遇金利ではなく、それより高い金利で仕組まれるローンを指しています。

「少し金利は高めですけど、すぐにお貸し出来ます。それに、ご融資申し上げる資金で不動産をご購入になれば、その値上がりでお客様の担保力が増します。ですから、すぐプライムレートへの金利の見直しが可能になります。是非、ここで我らのサブプライムローンをご利用下さい」。こんな甘言をもって低所得層を住宅ローンの世界に引きずり込む。当時はこれが盛んに行われていました。世界的なカネ余りと超低金利化の中で、アメリカの金融機関たちにとってサブプライムローンは生死を分かつサバイバル手段と化していました。そう言って決して過言ではない状況だったのです。ただ、手元にサブプライムローンが積み上がれば積み上がるほど、それだけ、金融機関は実は手元不如意になります。貸し出し資産が増えるということは、その分だけカネを懐から手放してしまっているわけだから、次の貸し出しのための原資がなくなるのです。

要は、もっぱらツケでお客に酒を飲ませる飲み屋のようなものです。手元にお客さんたちの証文はたまるが、現金収入がない。これでは、結局のところ、商売が行き詰まります。うかうか新しいお客さんも開拓出来ません。そこで、この飲み屋の親爺は一計を案じました。うず高く積み上がった証文の山を小分けにする。高額のものと少額のものを上手く組み合わせて、ほぼ同じ額の山をいくつもつくる。高額のものの中には、ひょっとすると貸し倒れ化する危険があるものもあるかもしれない。その辺のところも勘案しながら、小山をいくつもつくる。そして、それらの小山をそれぞれ袋に入れる。それらの袋に「金融福袋」と上書きする。そして、大売り出しする――こうすれば、なんとなんと、証文の山が現金に生まれ変わるのです。この「金融福袋」が「債権の証券化商品」です。現実の世界での金融福袋づくりとその売り出しは、証券会社が担当して手数料を頂戴するしくみです。

こうしてみれば、債権の証券化というやり方それ自体が内在的に諸悪の根源だとはいえません。資金繰り難の一つの解消方法として、それなりの効果を持っているといえるでしょう。飲み屋にとって、「ある時払いの催促無し」は、お得意さんをたくさんつくるための有効な手法ですが、そればかりでは酒の仕入れのためのカネにも困るし、従業員に給料も払えません。このジレンマの解消に、金融福袋方式は確かに役に立ちます。さらにいえば、これが飲み屋ではなくて、地元企業に事業資金を融資する地域金融機関のケースであれば、貸し出し債権ばかりが増えて、手元に新規融資のための流動性が不足するというのは、重大な問題です。金融機関の融資資金不足のおかげで地場産業が窮地に陥るようでは、何のための地域金融機関かわかりません。このような場合には、債権を証券化して転売するという行為が、金融機関がその公益的使命を果たすための手段として有効に機能するといえるでしょう。

問題は、このような正当性のある目的のためではなく、邪《よこしま》な動機に基づいて債権の証券化が行われる場合です。その場合には、金融福袋は金融禍《わざわい》袋に転じ、それと同時に、証券化で得られた新たな現金が邪な動機の手段として新たな禍をもたらすことになってしまいます。サブプライムローンの証券化の場合が、まさにこれでした。サブプライムローンの証券化福袋の中には、不良債権化する危険性の高いものが多く含まれることになります。元々が返済能力に乏しい人々への貸し付けなのですから、どうしてもそうなるのです。福袋だと思ってサブプライムローン証券化商品に手を出した人々は、大損失を被ることになります。福袋を手に入れるために借金でもしていれば、大ごとです。それらの人々にカネを貸していた貸し手たちにも打撃が及びます。その間にも、邪金融機関たちが、証券化で手に入れた現金を不幸な低所得層にごり押し融資する。そして立ちどころに証券化して「飛ばし」に回す。こんなことが繰り返されていれば、やがて金融恐慌が発生することは目に見えていました。

ところで、この金融福袋手法が百閒先生の知るところとなったら、先生はどのように反応するでしょう。「こんなとんでもない話があっていいものか」と怒り心頭に発するか。そう思いたいところですが、どうでしょう。「こんなすごいやり方があったのか。自分もいずれ一攫千金をゲットしよう」とはしゃいでしまいそうな感じもあって不安が残ります。（浜）

『道草』の中のカネ、質屋の話

小森　漱石が亡くなったあとに、先生である漱石への借金の話題を百閒さんがずいぶん書いているのはなぜなのだろうと思っていました。でも今の話を聞いていて、百閒は、もしかしたら漱石が『道草』で言おうとした信用と信頼の問題を、もう一度自分のなかで考え直して書いているのかなという気がしてきました。

『道草』は、よく知られているように漱石、つまり夏目金之助が幼いころに養父母のもとに養子に出されたが、後にその縁が切れたにもかかわらず、漱石が小説家として著名になって以降、かつての養父が漱石に金を無心にあらわれたという出来事をモチーフにしています。もちろん小説ですから、書かれていることが漱石の実生活にすべて合致していたかというと、そこはわかりません。ただ、モデルとしては、主人公の健三が漱石自身、島田という男が元養父であるとされています。健三は島田に対しいろいろな対応をするのですが、一番最後に、島田が持っていた証文を一〇〇円で買い取ります。その証文は健三が養父母と離縁し復籍する際に「今後とも互に不実不人情に相成ざる様心掛度《こころがけたく》」と書いて島田に渡したもので、島田はそれを口実にたびたび無心に訪れていました。

浜　要するに、それを買い取ることで、健三は島田と以後一切関係がなくなるようにできるということですね。島田もそれを了解していて、今後は一切の関係を断ちますという一筆を書いた。つまり一〇〇円を手切れ金にした。

小森　その通りです。で、しかもその一〇〇円は、給料ではなくて、健三が新たに、一気に書き下ろした小説の原稿の原稿料ということになっています。私はこの部分は漱石の実生活において『坊っちゃん』の原稿料を得た時のことを使ったアイディアだったのではないかと思っていますが、それは措《お》いておいて（笑）、ともかく一〇〇円で金をせびる男からその根拠とされた証文を買い取りました。その時、新しく生まれた子どもをあやす妻のお住と健三が次のような言葉を交わします。

「でも、ああして証文を取って置けば、それで大丈夫でしょう。もう来る事も出来ないし、来たって構い付けなければそれまでじゃありませんか」

「そりゃ今までだって同じ事だよ。そうしようと思えば何時でも出来たんだから」

「だけど、ああして書いたものを此方《こっち》の手に入れて置くと大変違いますわ」

「安心するかね」

「ええ安心よ。すっかり片付いちゃったんですもの」

「まだ中々片付きゃしないよ」

「どうして」

「片付いたのは上部《うわべ》だけじゃないか。だから御前は形式張った女だというんだ」

細君の顔には不審と反抗の色が見えた。

「じゃどうすれば本当に片付くんです」

「世の中に片付くなんてものは殆どありゃしない。一遍起った事は何時までも続くのさ。ただ色々な形に変るから他にも自分にも解らなくなるだけの事さ」

この「片付く、片付かない」というのが、『道草』の大切な主題の根幹なのですね。で、さっき読んだ百閒の「質屋の暖簾」で、漱石が大金を机の左隅に積み上げてあるのを見て、

「きつと奥さんがお留守で、片附けられなかつたのだらう」と百閒は書いています。漱石は、カネもモノも片付けられなかった（笑）。『道草』で「世の中に片付くなんてものは殆どありゃしない」と主人公に言わせていることを、明らかに意識して書いているように見えます。それは世の中には片付くものなどないという人間観、社会観への百閒の見解というわけではないけれど、自分の師匠への無心という問題を通して、百閒も、あの『道草』の根幹のテーマに思いをいたしていたのではないか、と思うのです。

そのうえで、借金は人と人との関係、中でも人を信じるということを土台にした経済の営みである、という浜さんが指摘されたことを、百閒が実はよくわかっていて――信用創造などという言葉は知らなかったかもしれませんが――だからこそ漱石にお金を借りたのだとすると、『道草』で描かれた人間関係とそれを媒介しているカネのやりとり――あるいは漱石自身の金銭貸借関係――というのを、百閒がどうとらえていたかというテーマが、もしかすると見えてくるのかもしれないな、という気が今しました。

浜　ぜひその話を聞かせてください。

小森　いや、今の浜さんの信用創造に関するお話を聞きながら、頭の中で『道草』が爆発し始めたところなので、まだ見えていないのですけれど（笑）。もう少し『道草』のことをお話ししましょうか。

『道草』の冒頭はこう始まります。

健三が遠い所から帰って来て駒込の奥に世帯を持ったのは東京を出てから何年目になるだろう。

いきなり疑問文から始まっています。読者にしてみたら新聞連載が始まったばかりなのに、そんなことを聞かれたってわかりようがないわけです（笑）。こんな始め方をする新聞連載長編小説は、世界的に考えてもあまりないような気がします。

浜　そうですね、あまりないでしょう。確かに聞かれても困る。

小森　そしてこの第一文が、この長編小説の要となるのです。ただ、「遠い所」とはどこなのか、何の説明もありません。読み進めると、少しずつ、「外国に行っていたのかな」と感じさせる箇所があるのですが、実は正確にわかるのは第五三章。この小説は全部で一〇二章あるのですが、半分以上読まないと、健三がロンドンに行っていたことはわからないようになっているのです。

島田がお金をせびりに来るようになって、最初は様子を見ていた健三も、やがて自分の財布にお金が入っていたら少し渡すということを続けていました。財布に自分でお金を入れるのでなく、もらってきた給料は封筒に入れたまま畳の上にぽんと投げ出すように置いて、それを妻のお住《すみ》さんが片づけて、必要だと思ったら健三の財布にも入れておくということが、率直に紹介されています――このあたり、さっきの百閒による漱石の観察と通じるものがありますね。

浜　そうですね。

小森　それで島田が無心に来ても、その財布にお金がない時は、ありませんよと言わんばかりに、財布を島田に見せてもいます。その流れで、財布の話題を叙述しているのが五三章の冒頭で、そこに初めて、「彼はそれを倫敦《ロンドン》の最もにぎやかな町で買ったのである」と書いてあるので、読者はそこで初めて、ああ健三はロンドンに行っていたのかと知ることになるのです。

浜　島田にその財布を見せる場面では、健三がその財布は一〇シリングした、日本円にしたら五円くらいだというようなことも話していますね。二〇シリングが一ポンドですから、そこから計算すると一ポンドが一〇円だったということですね。

小森　そうですね。一九〇〇（明治三三）年ごろのお米一〇キロの価格が一・一円だったとされますから、五円というのは今のお金の価値で見ると、おおざっぱな感覚でも少なくとも一万数千円から二万円くらいにはあたるのかなと思います。

やがてだんだん島田のせびり方がひどくなっていくと、経済的なゆとりがあるとはいえない健三はいらいらしてきます。「時によると癇癪《かんしやく》の電流を何かの機会に応じて外へ洩《も》らさなければ苦しくって居堪《いたた》まれなくなった」と描写されているほどで、何の罪もない子どもにお住さんが買ってあげた植木鉢を縁側から蹴飛ばしたり、下女に向かって怒鳴ったりしながら、「みんな金が欲しいのだ。そうして金より外には何にも欲しくないのだ」などと言ってみたりします。

浜　健三はともかくカネに苦しめられているし、カネがないのがその原因だと思っているという印象ですね。

小森　その通りですね。さらには、外国から帰った当時の健三と家族の思いがけない貧困の話も明かされます。外国にいる間、妻子を官吏だった妻の父に託していったのですが、その義父の立場が政変などの中で変わってしまい、しかも株の売買に手を出して失敗し、経済的に困窮していたことが明かされ、妻のお住は着物を質入れして生活費にあてていて、着るものにも困るみじめな境遇に置かれていた。

健三は仕方なく、仕事を辞めて得たわずかの退職金で、当座のやりくりを図るということまでしています。帰国後の住まいを構えるにあたっても、古道具屋を値切りながら回ったりして家具をそろえたというようなことが描かれています。しかもそのようにして生活に苦労しているところに、ロンドン時代に同じ下宿にいて、貧しい生活をする健三を見かねて五ポンドのバンクノート（紙幣）を「無造作な態度で」貸してくれた人――「何時返して呉れとは無論云わなかった」らしいですが――から、返してほしい旨の連絡が急に届き、仕方なく旧友に借金をして返済する、その旧友には月に一〇円ずつ返すことになったというようなこともあったことを読者は知ることになります。

浜　健三に漱石の経験がどこまで投影されているかわかりませんが、ここでの借金は弱り目に祟《たた》り目的な苦痛に満ちていますね。

小森　そうなのです。しかも妻のお住さんの父に対し、健三が証人の判をつくなら金を貸してもいいという、ある人物からの怪しい話が持ち込まれたりもしています。その人物は健三の古い知人ながら深い付き合いのない人だったようで、こんな描写があります。

然し二人が何処でどう知り合になったのか、健三には想像さえ付かなかった。又それを詳しく訊いて見た処《ところ》が仕方がなかった。要点はただその人が金を貸してくれるか、呉《く》れないかの問題にあった。

なお、漱石自身のつれあいである鏡子さんについていうと、その父が高利貸しに責められていたということもあったようです。

そういったことも含めて読みながら、先ほどの浜さんのお話を反芻《はんすう》して考えてみると、この『道草』後半を読んでいくと、主人公やその周りの人々の経済的苦境、そして借金をめぐるあれこれの人間関係が、ざわざわざわっと湧き出してくるように思えるのです。つまり、ちゃんと信用にもとづきお金を貸し借りしているのか、あるいは、信用も縁戚関係もないのに、金をせびりに来ているのか、さらには、銀行あるいは高利貸しから金を借りるのか、といったような関係性の違いみたいなものがそこには表れています。

高利貸しと質屋の違いは人間関係の違い

浜　そうですね。内田百閒の書いているものの中には、それこそ信頼するに足る、面倒見のいい友達とか、職場の同僚からお金を借りる話もあれば、高利貸しから借りる話もありますよね。高利貸しから金を借りる方の話は、それこそサルバドール・ダリの絵を思わせるような幻想的で不気味な短編小説の素材としても結構出てきます。

小森　そうですね。

浜　高利貸しのところに行くと、変な座敷があって、そこに変なわけのわからない人間がウジャウジャ詰まっていたり、ぽつんと一人いたりする。そこからどんどん不気味な幻想の世界に入っていく。高利貸しの家というものが不条理世界への入り口のように扱われている。高利貸しなどという生き物が生息する場所は、そうした不条理ランドにつながっているとしか思えない。それが百閒の感覚だったのでしょうかね。だとすれば、百閒はまっとうな信用創造と怪しげな信用創造の区別がかなりしっかりついていたのかもと思えてきます。だからこそ「平気で借金男」になれた。ますます、こんなふうに思えてきました。

ここまでは高利貸しの話でしたが、質屋に質草を持ち込む人と質屋の関係はどうでしょうか。私は、高利貸しと借り手の関係に比べた場合、質屋との貸借関係の中には、まだ若干、人間的な絆《きずな》、つまり信用創造に近いものが芽生える余地があると思います。

小森　そのお話は伺いたいな。質屋通いというと、私の仕事上は樋口一葉がいちばんすぐ思い浮かぶのですが。でも『道草』でも、これは前半部分ですが、健三が月末に妻のお住から家計簿を見せられて自分たちの暮らし向きが非常に苦しいのを初めて認識するシーンがあります。健三は、「不思議だね。それで能《よ》く今日まで遣《や》って来られたものだね」などと、話しています。

浜　そこでお住さんがタンスにしまってあった自分の着物と帯を質に入れた顚末を話したりしていますね。

小森　その直前に、ずっと長雨が降っていて、ある日からっと晴れあがる日があったのです。その日、お住はタンスを開けて、よそ行きの着物を着て実家などに行き、でもそのまま帰ってきて、それで家計簿をつきつける。で、「どうかして頂《いただ》かないと……」と（笑）。だから健三はその時初めて、自分の家の家計がどうなっているかを知らされ、これではまずいということで、どこかの学校の非常勤講師をやることにして、「新たに求めた余分の仕事」を始めます。それで家計の不足を補うのですが、稼いできたお金を、畳の上に封筒に入ったままぽんと置いておいて、お住がそれを拾って、封筒の印刷した面を見ると、どこからもらったのかがわかったというような描写があります。先ほど少し触れた件ですね。その部分、漱石は地の文で次のように書き込んでもいます。

その時細君は別に嬉しい顔もしなかった。然《しか》し若《も》し夫が優しい言葉に添えて、それを渡して呉れたなら、屹度《きっと》嬉しい顔をする事が出来たろうにと思った。健三は又若し細君が嬉しそうにそれを受取ってくれたら優しい言葉も掛けられたろうにと考えた。それで物質的の要求に応ずべく工面されたこの金は、二人の間に存在する精神上の要求を充たす方便としては寧《むし》ろ失敗に帰してしまった。

浜　お金を健三がにっこり笑って渡せばそこに何かが芽生えた、って書いてありますね（笑）。

小森　これはもう夏目漱石の反省の弁なのだと思います（笑）。まあそれは措くとして、健三が「遠い所」に行って留守にしていた間に、妻のお住が質屋通いをしていたと、そこで初めてわかるわけです。さらに、健三は、結婚して以来まともな着物を妻お住に買ってあげていないこと、彼女が実家から嫁入り道具として持ってきた反物を質屋に入れていたこと、お住はその実家を経済的に頼ることがもうできなくなっていることなどが浮かび上がってきます。そこに「質屋」という言葉がでてきます。

樋口一葉と質屋

本郷菊坂町で、母と妹との三人で、洗濯と針仕事の収入で生活をまかなうことにした樋口なつは、小説家になることを決意します。朝日新聞の小説記者であった半井桃水《なからいとうすい》を師として、一八九二（明治二五）年三月に、最初の小説「闇桜」を雑誌『武蔵野』に発表します。そして「たま襷」（『武蔵野』、四月）「別れ霜」（改進新聞、四月）、「五月雨」（『武蔵野』、七月）とつぎつぎに小説を雑誌や新聞に発表していきましたが、生活は成り立ちませんでした。

そして六月の末、一家で相談して商売を始めることを決め、七月二〇日に下谷龍泉寺町に引っ越すことになります。その直前に、商売を始めるにあたっての、とりわけ店となる家を借りる資金をつくるための「質屋通い」が始まることになります。

「一葉日記」の叙述を辿《たど》ると、七月七日「母君田部井のもとに衣類売却の事頼みに参り給ふ」とあります。既に「大方の衣類うり盡しぬれと猶きぬちりめんのたぐひ一つ二つはあり」と書かれていますが、そのすぐ後に、それらは中島歌子の歌塾「萩《はぎ》の舎《や》」に行くためのものであることがあかされます。

八日に再び「母君田部井に様子聞ゝに」行き、九日「十五円なら買手あり」と言われます。そして翌十日「田部井より金子受けとる」、続けてすぐに「此夜さらに伊せ屋かもとにはしりてあつけ置たるを出しふた、ひ賣《うり》に出さんとするなといとあはたゝし」と記されています。

「伊せ屋」は、今も店舗と蔵が菊坂の下方に残っている「質屋」です。「質屋」の質草として衣類を預ける場合、季節の変わり目などに金銭の都合がつけば、また受け出して着ることになるので、借りることのできる金額は、売り払ってしまう金額よりは、かなり低いことは明らかです。

つまり「田部井」に「きぬちりめん」を「十五円」で売り、その金の一部で「質屋」に預けていた質草としての着物を受け出し、「ふた、ひ賣に出」そうとしていたことがわかります。追いつめられたなつの思いが伝わってくる叙述です。

夏目漱石の小説においても、「質屋」に着物を質草として預けなければならなくなる状況については、自伝的小説『道草』において印象深く書かれています。（小森）

浜　そうですね。そこで、質屋と高利貸しはどう違うかというところをちょっと考えてみたいと思います。質屋は、今のお話の通り、かけがえのない晴れ着のような高価なもの――同時に自分にとって大切なもの――を質草、つまり担保として預けることで、それに見合ったお金を貸してくれるところですよね。つまりそこでは、借金をするという行為に物が関係してくるわけです。人が大切に思っている、あるいは本当は手放したくないと思っているけれど、しかたなしに泣く泣く担保として差し出す。そのような性格の品物が絡んでくる。経済活動は「ヒト・モノ・カネ」の三要素によって回っていくものです。思えば、その三者が質屋という場面でも出会っている。そこが面白い。

小森　なるほど、「ヒト・モノ・カネ」という三角関係の中で回っていくのがまともな経済だとすれば、質屋もある意味で健全なわけですね。カネをモノが媒介しているから。

浜　その通りです。そして、この三角関係における三者の位置づけが重要です。むろん、ヒトが最も重要な要素で、主役です。だからこそ、「ヒト・モノ・カネ」という形で人間が真っ先に出てくる。モノが次でカネがしんがりだというのも正しい。経済活動は、ヒトによるモノづくりとモノのやりとりのためのカネ回し。ヒト・モノ・カネの相互関係がこのようになっている時、経済活動はその本来の姿を呈することが出来る。そのようにいえると思います。つまり、本来、カネはヒトとモノの善き関係形成をアシストするための黒子的存在であるべきだということです。この構図が成立している時、経済活動は人間を幸せにするための人間の営みとして上手く回っていくのだと思います。

ところが、そうではなくてカネが一人歩きしだしてしまう場合があります。カネが主人公の位置に躍り出てしまい、この偽主役にヒトもモノも振り回される。こうなってくると、経済活動はいかがわしい不条理世界に引きずり込まれていってしまう。高利貸しは、質草なしでカネを貸してくれる。その意味では、金欠者にとって借りやすくて頼りにしやすい存在です。しかしその代償として法外な利子をとられてしまう。高利貸しや闇金と借り手との間には、ただただカネしかない。このカネは、ヒトがモノをやり取りするための手段ではない。カネが主役です。カネを貸す方はひたすらそっくり返り、借りる方はひたすら這いつくばる。相対ではあるけれども、信頼関係はまるで形成されない。あるのは力関係だけです。そこに「我は信ず」の credo を語源とするクレジットは発生していない。カネが舞台中央にしゃしゃり出るとこういうことになってしまうのです。

それに比べると、質屋の場合には、モノとカネのやり取りがある。担保として提供されるモノと応分のカネが、借り手の手に渡るのです。つまり、担保と貸し金との関係について借り手と貸し手が折り合っている。そこには、ヒトとヒトの間の一定の合意がある。モノの介在がこの貸借に一定の信頼関係を付与しているわけです。それこそ、お住さんが大事な着物を持ってくれれば、質屋はそれを品定めして——質屋は鑑定眼が肥えている人が多いですから——大事なものを持ってきたのだなとか、そういう生活をしていた人かというこ とを理解する。理解したうえで、質草にふさわしい金額を融通するその先には、こういうものを質入れするというのは相当切迫した事情があるだろうと質屋がお客さんに同情し、言い値でお預かりしましょうと言ってあげたり、利子はちょっと待ってあげようと考えたりする、という展開も、ひょっとするとあるかもしれない。そんな善良なる質屋さんは滅多にいないかもしれませんが、少なくとも可能性が皆無ではない。

だが、高利貸しの場合には、こうしたストーリー展開の可能性がまるでない。そこにあるのは、ひたすらカネだけを挟んだひたすら貸し手優位の世界です。人情が芽生える余地はない。そこへ行くと、モノを挟んで借り手と貸し手が向き合う質屋の営みは、人間の営みとしての経済活動の世界につながる余地を少なくとも秘めてはいる。だから、百閒作品の中でも、質屋の店は不条理世界への入り口扱いされることがないのではないでしょうか。

小森　なるほど。そしてさらにその質屋――質屋文化といっていいかどうかわかりませんが――は、和服の世界、着物の世界と不可分ですよね。つまり着物は季節で衣替えをして、今、秋の物を着ているとすれば、夏物はほどいて洗い張りをした上で反物状態にして箪笥に入れてある。だから質屋に持っていけるわけですね。

浜　ああ、そうですねぇ。その意味で確かに質屋の世界には文化がある。高利貸しの世界には微塵《みじん》も文化の香りがしませんね。やっぱり、高利貸しの世界は人間界ではない。妖魔の世界ですね。

ヒト・モノ・カネの関係変調――その歴史をたどれば

ヒト・モノ・カネの関係は、なぜ、いつからおかしくなったのか。ひとまず、直接的な要因を上げれば四つあります。金融の自由化、金融の工学化、金融のＩＴ化、そして金融のグローバル化です。

金融の自由化には、一九七〇年代から一九八〇年代にかけてアメリカが先鞭をつけました。それ以前の国々の金融市場には、様々な規制が施されていました。預金金利上限規制・取り扱い業務規制・営業地域規制などです。あまりにも自由な金融が、一九二九年のアメリカに端を発した金融恐慌とその後の世界大不況をもたらしたことに対する反省から、当時の政策責任者たちはそれまで野放しにしていた金融を各種の檻《おり》に入れることにしたのです。

しかし、アメリカ経済がインフレ化して物価が急上昇する中で、預金金利の上限規制を維持することが不可能になりました。物価が上がれば、金利も上がる。明日の物価が今日よりも一〇パーセント上がる見込みなら、金利も一〇パーセント取れなければ、人は人にカネを貸さない。高利貸しとの付き合いが深い百間先生には、この関係がとてもよくご理解いただけるでしょう。そうした中で、預金金利だけが上限を決められていたら、誰も金融機関にカネを預けなくなります。インフレ率に見合った利回りが取れる金融商品に投資してしまうでしょう。預金者がいなくなれば、金融機関はカネを貸せなくなります。金融機関にカネを貸してもらえなくなった企業は倒産してしまいます。この負の連鎖を回避するためには、預金金利規制を撤廃するほかはない——これを蟻の一穴として、他の諸々の金融規制も自由化されていきました。

その次に来たのが金融の工学化とIT化とグローバル化です。金融工学は、数理分析や確率論を用いて、金融ビジネスのリスク回避力と収益力を高めるという考え方に基づいています。この分野の発展には、IT化が大きく貢献しました。膨大なデータを瞬時にして入手し、整理加工して利用出来る状況となったからです。ＩＴ化と工学化のマリアージュが生み出した新金融商品の数々が、グローバル化の波に乗って国境を越えるようになりました。その一つが、先ほど取り上げたサブプライムローンの証券化商品です。

こうした展開の中で、カネはヒトによるモノづくりとモノ交換のための黒子役から決別したのです。かくして、カネによるカネ増やしのためのカネ回しの世界が現出してしまいました。

ところで、このコラムをここまで読み進んでいただいた賢明なる読者の皆さんには、気になっておいでの箇所が二つあるはずです。それは、冒頭部分の「ひとまず、直接的な要因を上げれば四つある」という文章と、三段落目書き出しの「しかし、アメリカ経済がインフレ化して物価が急上昇する中で」というくだりです。

「ひとまず直接的な要因を上げれば」という言い方は、別に間接的な要因もあることを示唆しています。その通りなのです。その間接要因が、世にいう「ニクソン・ショック」です。遠因といった方がいいかもしれません。一九七一年八月一五日、アメリカがドルの金交換を停止しました。時の大統領がリチャード・ニクソンだったので、このネーミングがつきました。

そして、ドルの金交換停止というこの措置が、実は第二の気になる箇所であったはずの「アメリカ経済がインフレ化して物価が急上昇する」という展開に直結していたのです。

ドルの金交換制とは、他の国々から請求があれば、アメリカはドルを固定的な公定レートでいつでも金と交換するという制度です。公定交換レートが金一オンス＝三五ドルというものでした。この制度を維持している限り、アメリカは、むやみやたらとはドルを増発出来ません。手持ちの金の分量をドルの流通量が大幅に上回ってしまえば、アメリカはドルの金交換義務を履行出来なくなるからです。こうして、世の中に出回るドルの分量には、おのずと一定の歯止めがかかります。だから、インフレになりにくかったのです。

ですが、出回るドルの分量を思うように増やせないと、アメリカは先立つ物が足りなくて自国経済を思うように成長させることが出来ません。さりとて、手持ちの金保有量との関係を無視してドルを増刷すれば、他の国々は、アメリカがドルの金交換を履行出来なくなるのではないかと疑い始めます。まだ間に合う今のうちに手持ちのドルを金に交換しておこうというので、アメリカに対する金交換請求ラッシュが起こり、大混迷のうちに、アメリカは本当に金交換義務を履行出来なくなるでしょう。かくして、国々の恐れは現実化し始めました。それは一九六〇年代末のことでした。たまりかねて、アメリカはドルの金交換停止を宣言したのです。これが「ニクソン・ショック」です。

かくして、金の制約から解放されたアメリカは、どんどんドルを刷りまくるようになりました。そのことが「アメリカ経済がインフレ化して物価が急上昇する」という展開を招いたのです。そして、上述の通り、このインフレ化が金融自由化につながりました。こういうわけで、「風が吹けば桶屋が儲かる」式にいえば、「ニクソン・ショックなかりせば、ヒト・モノ・カネの関係変調もなし」だったのです。（浜）

百閒に学ぶ通貨論とダークな漱石先生

小森　「漱石雑話」に次のようなくだりがあります。

又私は前に質屋にあづけておいたものが期限が来てもお金を返すことが出来ないので流れてしまふ事になりました。その通知を受けてあわててどうしていいのか判らない。流さないやうにするにはお金がない。漱石先生のところへ行つて相談しますと、先生は君は馬鹿だな。利子を払ふのだよ。そんな事を知らないか、と云つて利子を下さいました。その頃は貧乏も初心でありまして実はそれだけの事も知らなかつたのです。

漱石から金を貸してもらった、初めての経験がこの出来事ではないのかなと思います。質屋について、百閒がよく知らなかった時期のことだということがわかりますね。

浜　まさにそうですね。百閒さん、質屋のシステムを知らなかった。

小森　質屋のシステムをよく知らずに、質草が流されてしまうことを心配していたら、漱石先生が、「利子を払ふのだよ」と教えてくれたという話ですね。

浜　だけど、百閒さんは質屋絡みでなかなか面白くて鋭い発見もしていますよね。ある時、小判を質草として持ち込んでカネを借りた。この体験について語る中で、百閒先生は、カネを質に入れてカネを借りるという行為について、「これってどういうことだろう」と思う感性を示しています。この感性はなかなかです。つまり、小判というものがカネであったり、カネではなくなったりするということを感じ取っていた。小判がカネではなくてモノとなった時に、初めて小判は質草になり得るという関係を見抜いたわけです。利子の概念も知らなかった人にしては、上出来です。

小森　『つはぶきの花』に、こういうくだりがあります。「飢ゑ死に」というタイトルのエッセイです。

家に小判が何枚かあつた。その中に慶長小判もあつた。一分金《いちぶきん》もあつた。質草がなくなると、それを質に入れた。通貨ではないけれど、お金を質に入れる様なものである。さう云ふ無茶な事をして、それでその場を凌いだ。

小判でも古金でも質に入れれば利子を食ふ。その利子の工面をして、流されない様にしなければならない。お金の都合がつかなければ、止むを得ないから又別の品物を入れて、そのお金で利子を払ふ。段段に質屋に預けた物がふえる。従つて期限期限に払う利子の金高がかさんで来る。到頭どうにもならなくなつて、何度も何度も利上げをした挙げ句に小判も一分金も流されてしまつた。どうせ手離すものなら、初めから売り払つた方がとくだつたのに、と後から残念がつてももう追つつかない。傾斜の急な貧乏の坂にかかると、ひとりでに辷《すべ》るだけでなく、自分からはずみをつけて辷り落ちる様な事をするらしい。

浜　そうです、そうです。まさにそのくだり。ここには通貨というものの正体がとてもよく表れていると思います。ですから、私は、このくだりを「通貨と金融の国際経済学」という授業で教材にしています。

小森　授業で使っておられるのですか！（笑）

浜　はい。「通貨とは何か」ということを学生さんたちにわかってもらう上で、実に勘所を突いている叙述ですから。百閒が質に入れた慶長小判は、慶長期（一五九六〜一六一五年。安土桃山時代と江戸時代にまたがる）には通貨だったわけです。慶長期の慶長小判は、それでモノを買ったりヒトを雇ったり出来るカネでした。ヒト・モノ・カネの三者関係において、間違いなくカネだった。それに対して、百閒が質屋に持っていった時点での慶長小判は、もはやカネではなくなっていた。骨董品になっていた。つまりモノ化していたわけです。骨董的価値があるから、それを質屋が鑑定してそれに対応した金を貸してくれたのです。

ここからわかることとは、何でしょうか。それは、小判は小判だからカネとして通用するわけではないということです。小判が小判だからといって、おのずといつでも通貨だとは限らない。人々が小判を通貨だとみなしている限りにおいてしか、小判は通貨ではない。人々が小判を通貨だと思うのを止めて骨董品だとみなすようになってしまえば、小判は通貨性を失ってモノになる。それでモノを買ったりヒトを雇ったりは出来なくなるのです。あの百閒先生の考察は、このことを実によく示してくれている。

逆のことも言えます。どんなモノでも、ヒトがそれをカネだとみなせば、カネになる。そのモノが小判型であろうと、球体であろうと、石であろうと貝であろうと、ヒトがそれをカネ扱いしている限りにおいて、それは通貨性を持ち続ける。あるモノについて、人々が「これは通貨だ。これでものが買える」と思えば、そのモノ自体のモノとしての特性はその通貨性に関係がない。そして、いかなる特性のモノでも、ヒトがそれをカネ視することを止めれば、通貨性は直ちに消滅するわけです。つまり、通貨が通貨であるためには、「通貨」という名前が全てなわけです。素材や姿形は関係がない。どんな形状のモノであろうと、カネと名付けられればカネになる。

面白いことに、これと正反対のケースについて、シェイクスピアの大恋愛悲劇、かの「ロミオとジュリエット」の中で、ジュリエットちゃんが言及しています。

小森　そうなのですか？

浜　ジュリエットがバルコニーでロミオへの切ない思いを語るシーンがありますよね。実はロミオは庭に潜んでそれを聞いているという。

小森　ええ、有名な場面ですね。

浜　その中でジュリエットはこう言っています。「私たちがバラと呼ぶものは、他のどんな名前で呼んでも、同じように甘く香るわ」。ジュリエットが恋い焦がれるロミオは、自身の一族キャピュレット家の敵方モンタギュー家の人ですが、その名前のせいで彼の男ぶりが落ちるわけじゃない。イケメンは、名前が何でもイケメンに変わりない。名前は本質的な問題じゃないというわけです。

この構図は、先ほどの通貨の場合と全く逆ですよね。バラというものは、仮に人がその花をバラと呼ばず、たとえば「クマ」などと呼んだとしても（笑）、その甘い香りと美しい姿は変わらない。「どう呼ぼうとその本質は変わらない」とジュリエットは言います。鋭い洞察ですよね。そして、通貨の場合はこれと正反対です。バラはバラという名前を失えばバラではなくなる。それが通貨の原理です。いかに美しく光り輝く金貨や小判であろうと、「これは通貨ではない」というふうに人々に言われてしまえば、金貨も小判も通貨としての通用性を失う。「名は体を表す」と言いますが、通貨の場合には、「体はどうあれ名が全て」です。

ロミオは「名無しの権兵衛」だったとしてもジュリエットにとっては大切な人。だけど通貨は名前がなくなれば、何の価値もない。さきほど申し上げました私の「通貨と金融の国際経済学」の授業では、ジュリエットのバラと名前の関係に関するセリフと、百間さんの質草としての慶長小判に関する考察を並べて学生さんたちにお見せします。そこから、通貨の正体を考え始めてもらう。

小森　面白い！

浜　本当に面白いですよね。通貨の通貨性を決めるのは、決してその姿かたちや原材料ではない。何でも通貨になり得る。万事は人間がどう思うかです。その意味では、通貨を通貨たらしめているものも、結局は信用という要因なんですよね。こいつでモノを買うことが出来る。こいつで蓄財が出来る。人々のそのような信頼感を得ることが出来れば、ごみでも瓦礫《がれき》でも通貨性を帯びることになる。

小森　先ほど少しふれられた仮想通貨というのもそういうことでしょうか。

浜　これも通貨の正体を大いに考えさせられるテーマですね。実は私は、すべての通貨が仮想通貨なのだと考えています。なぜなら、人々があるものを通貨だとみなすということは、とりもなおさず、そのものを通貨だと仮想しているということですよね。このように考えれば、あのビットコインとかイーサリアムという怪しげな代物だけを仮想通貨と呼ぶことには、違和感があります。小判だって、人間がそれを通貨だと仮想している限りにおいて通貨なのであって、人間がその仮想を止めれば骨董品になる。ドルであれ円であれユーロであれ、それらはいずれも、人間が仮想している限りにおいてしか通貨たりえません。かくして、すべての通貨は仮想通貨です。ですから、ビットコインなどについてはデジタル通貨とか暗号通貨という言い方をした方がいい。暗号資産という言い方もあります。どうしてもあれらを「カソウ通貨」と呼びたいのであれば、「仮想」ではなくて「仮装」という漢字にしてほしい。あれらは、通貨に仮装しているに過ぎない。いわばコスプレ通貨です。

小森　なるほど。

「キャッシュレス化」にご用心

コスプレ通貨の関連概念に「キャッシュレス」というのがあります。この「キャッシュレス」という言い方が、はなはだよろしくありません。なぜなら、「キャッシュ（cash）」は現金の意だから、「キャッシュレス」といえば「現金じゃない」あるいは「現金がなくなる」と言っていることになるのですが、この「キャッシュレス」という言葉は、実は現金じゃなくなったり、現金が消えてなくなることを指してはいないのです。この言葉を使って表現されていることの内容は、「現金の形態が変わる」こと。紙幣や硬貨が使われなくなり、決済がもっぱら電子マネーやデジタル通貨で行われるようになることを指しています。

コンビニで電子マネーやQRコードを使ってモノを買う時、我々は、決してツケでショッピングをしているわけではありません。現金決済を行っています。交通系ICカードを使って電車に乗る時も、ツケで乗せてもらっているわけではありません。現金払いを行っています。いずれのケースでも、現金の形態が紙幣・硬貨から目に見えない電子暗号に切り替わっているだけです。だから、あの「キャッシュレス化」という言い方は実に曖昧《あいまい》で不正確です。こういう言葉の使い方はいけません。漱石先生も百閒先生も、こんな表現は却下されるに違いないと思っています。

ところが、特に日本でこの言い方が定着してしまっています。これはほぼ日本語です。現に、英語メディアでは、あまりキャッシュレス化という表現を使いません。「フィジカル・キャッシュからデジタル・キャッシュへの移行」というような言い方をします。こちらは正解。現代日本の言語世界は、どうも、短さや言い易さ、とっつき易さ、馴染み易さばかりを追い求め過ぎると思います。「キャッシュレス」は短くて言い易い。カタカナ語ながら、日本人的にはとっつき易いし、覚え易い。こういう言葉は、内容的な精緻《せいち》さをさておいて、瞬く間に普及・定着してしまうのでしょう。

これは実に危険なことだと思います。誰かが、特定の狙いを持って、不正確だが覚え易い言葉を意図的に我々の言語世界に滑り込ませようとしているのであれば、大変なことになるでしょう。我々は意識操作と洗脳の餌食となってしまいます。

実をいえば、「キャッシュレス化」は安倍政権がとても積極的にプロモーションしてきたものでした。二〇一九年四月二三日の日本経済新聞に、「キャッシュレス」をテーマにした全面広告が掲載されています。その中の「スペシャル・インタヴュー」に世耕弘成経済産業大臣（当時）がガッツポーズで登場しています。その彼の頭上に「『キャッシュレス社会・日本』を目指します！」という吹き出しがLet's Goの掛け声とともに炸裂しています。

怪しい。実に怪しい。我が宿敵チームアホノミクスは、なぜ、ここまでキャッシュレス化に肩入れするのでしょうか。そこには大別して三つの魂胆が秘められています。筆者はそのように勘繰っています。

第一に、通貨が電子化すると、我々の資金決済に匿名性がなくなります。紙幣・硬貨を使っての決済なら、人目につかないところで密かに取り行うことが出来る。特に隠し立てをする必要のない公明正大な決済でも、知られない権利は誰にでもある。ところが、電子的な決済となると、その気になれば、そのプロセスの管理者が取引の軌跡を完全に追跡出来てしまうのです。これは、「まるで見えない化による丸見え化」です。紙幣・硬貨を使わない現金決済は、我々の目にはまるで見えなくなりますが、電子決済の管理責任者たちには丸見えになります。誰が誰とどのような決済をしているか。それを掌握して、自分たちの気に食わない人々の間で経済取引をやりにくくする――それを狙っているかもしれません。

第二に、電子現金化が進むと、我々は預貯金を解約して紙幣化し、家に持ち帰り、庭に穴を掘って埋めたり、タンスに隠したり、枕の下に置いておいたり出来なくなります。自分の資産を手元に置いておくことが出来なくなるのです。知らないうちに、権力者たちが我々の口座から電子的に資金を吸い取ってしまっていてもわかりません。これも、気に食わない者たちを経済的に追い込む手段として使えるでしょう。

第三に、紙幣・硬貨を使わなくなると、我々は確実に知能が低下します。紙幣・硬貨のどのような組み合わせで支払うのが一番いいか。一番、お財布の中をすっきりとしておけるやり方は何か。それを常に考えていれば、脳内の活性度を高レベルで維持出来ます。ですが、電子マネーやQRコードなら頭は一切使わなくなってしまいます。割り勘もそうです。電子的な「割り勘アプリ」などに任せてしまえば、算数力は低下します。かくして、我々は次第に思考能力に乏しい人間たちと化していくでしょう。思考能力が低下した国民は騙《だま》しやすい。実は、これが彼らの最大の狙いかもしれません。ファシズム国家は人々のバカ化を狙います。かのジョージ・オーウェルの名作『1984年』がそれを実によく描出してくれています。(浜)

浜　百閒先生が質屋に行って、慶長小判でカネが借りられることを発見したというのは、通貨とは何かということの本質を見きわめるためにとても役に立つエピソードです。これを読んだとき、私は感激しました(笑)。

小森　内田百閒という人は、通貨、貨幣について原理的に理解して、そのように自分の書き物の中で登場させているということなのですね。そして、ある意味で、そこまでお金というものについて百閒が考えた一つのきっかけが、漱石の『道草』あたりにあるのかもしれないという話がさっきからずっと頭にあるのですが(笑)。

「道草」は、ちょうど百閒が漱石に弟子入りした少し後に朝日新聞に連載されています（一九一五年）。

浜　ああ、そうですね。百閒が漱石に弟子入りしたのは明治の終わりごろ、一九一一年ですか。でもその頃はまだ、百閒さん、質屋に行ったこともなければ、利子のことも知らなかったわけですから、通貨の本質についてはたぶんわかっていなかったでしょうね……（笑）。

小森　私もそう思います。そしておそらく、漱石と出会って少しした頃に、質屋に出入りするようになったと思われます。ある時、漱石に、「利子をちょっと入れれば流れないよ」と言われて、そうか、利子は質草を受けだす時に払うものとばかり思っていた、と知って感激するのですね。そして、質屋通いにのめり込んでいき、利子を払うために別の質草を質入れしたりと、いろんなものを質屋に持ち込んでいって、ついに、「家に小判が何枚かあった」という話になるわけです（笑）。

そこにいくまでに、もう少し生活を見直したほうがいい、というところまで話は進んでいくのだけれども、わざわざそれを漱石との借金の思い出の中に書き込むというところが興味深いと思うのです。百閒は漱石が『道草』で書いていた、お金によって媒介されていく人間関係というものについて、自分と漱石との関係性をもって応答をしているというふうにも考えられないでしょうか。

浜　なるほど！　掛け合いですね。子弟間のカウンターポイント（対位法）。ただ、『道草』の健三とお金の関わりというのは、ともかくものすごく暗いですよね。そもそも健三という人は、お金を毛嫌いしているようにさえ見えますし、その上、縁が切れたはずの元養父にたかられて、そのことでずいぶん頭を悩ましています。

小森　おっしゃる通り、猛烈に暗い物語です。

浜　陰々滅々たる小説ですよね、『道草』は。なんというか、性格のいい人がまったく出てこない（笑）。辛気《しんき》くさい人同士が、お金のやり取りをめぐってせめぎあっているから、非常にダークで陰険なお金の世界になっています。

小森　健三がイギリスから帰国してすぐに、日本にいた妻が経済的に非常に困窮していたことを知る、彼自身は向こうで持っていたお金をほとんど本の購入に使ってしまった、当座の生活のために勤務先を退職し、その退職金を使わざるを得ない――これが帰国した時の彼の状態で、だから健三は、お金や借金をめぐる当時のあれこれを記憶から捨象してしまいたかったのではないかと思うのです。とくに借金を返すために借金をし、けっこう高額の返済を強いられたりしているわけですから、帰国当時の健三にとって、借金というのは一種の精神的外傷、トラウマにもなっていたのではないか。ところがそこに島田がお金をせびりにきて、また自分自身の経済状態をめぐる悩ましいあれこれの問題に引き戻されるというのが『道草』の展開ですからね。このような設定においては、ダークな小説にしかなり得ないと思います（笑）。

浜　当座の生活のために退職するなんて、なんだか保険金詐欺みたいな話ですね（笑）。百閒が『道草』へのカウンターポイントとして漱石との貸借の思い出を書いているというのは、実にワクワクするイメージです。もしも、そこからさらに踏み込んで百閒が自分バージョンの『道草』を書いたとしたら、どんなタッチの小説になっていたと思われますか？

小森　そう、それをいまお聞きしたかったのです。百閒にはそういう暗さがありませんから。

浜　そうなんです。百閒が仮に同じモチーフで何かを書いたとしても、ああいう作品にはならないでしょうね。

小森　どうしてこの師弟の間にこれほど大きな違いがあるのでしょうか（笑）。

借金がトラウマにならなかった人

浜　知りたいですよね。百閒さんは、天真爛漫《てんしんらんまん》に借金してしまう人。「平気で借金男」です。一方の漱石先生は、小森さんが今おっしゃったように借金がトラウマになった人だったろうと思うのですが、百閒にとっては全然トラウマじゃありませんから。

小森　文士の家計簿における二項対立ですね（笑）。

浜　トラウマになるとならないの分岐点は、要するに「とらわれるかとらわれないか」ですよね。虜《とりこ》になるかならないか。そこが分かれ目だという気がします。どんなに一見怖いものにも、「幽霊の正体見たり枯れ尾花」の要素がありますよね。カネも、その正体を見極めることが出来ればトラウマにならなくて済む。もっとも、百閒先生の場合には、さきほども少し触れましたように、トラウマどころか、借金することを人助けだと思っていたふしがある。質屋や高利貸しについても、自分が借金することで彼らは助かっているのだと思っていたのではないでしょうかね。

小森　そうなのですか（笑）。

浜　『大貧帳』に、関東大震災（一九二三年）の後、「人に金を貸したいと云う人が方方に出て来て、新聞に広告を出したりした」という金貸しの一人である小田という人のことを書いた文章があります（「雑木林」）。「本職の金貸しよりは利子も安く、条件も寛大で、借りる側には大変有り難かった」そうです。さぞ有難かっただろうと思いますが、その一方では、カネを貸したいと願う人の思いに自分が呼応すれば、自分はカネ貸し願望を抱いている人の願いをかなえてあげているのだから、「偉い！」などとどこかで思っていたかもしれない。

カネを貸したい人の願いをかなえてあげる

カネを借りるという行為は、カネを貸したいと思う相手の願望をかなえてあげる行為だ。したがって、これは人助けである。こういう考え方は、とてもイタリア的だと思います。同じEU（欧州連合）の加盟国であっても、北欧諸国と南欧諸国では、考え方も行動様式も相当に違います。かたや謹厳実直・慎重居士《こじ》。かたや天真爛漫・成り行き任せ。少々、ステレオタイプ化が過ぎるし、南北双方の内部的な違いもありますが、総じていえば、このイメージはよくあてはまります。北欧勢の代表格であるドイツにしてみれば、なぜ、イタリアはドイツのようになれないのかと思うでしょう。なぜ、もっと財政節度を保てないのか。なぜ、もっと労働生産性を上げようとしないのか。働き者の蟻さん国家としては、イタリア人たちのキリギリスぶりがどうにも理解出来ないのではないでしょうか。ですが、イタリア人側に言わせれば、自分たちがキリギリス的に振る舞うからこそ、ドイツは蟻さん国家でいられるのです。自分たちがカネもないのに借金をして、ベンツ社の車をたくさん買ってやるから、ドイツはたくさん車が売れて対外収支の黒字を保てる。イタリアの輸入がドイツの輸出を支えている。そのおかげでドイツの輸出企業は儲けが大きくなり、税金をたくさん納めることが出来る。だから、ドイツ政府は税収が上がって、財政収支も黒字ポジションを維持出来る。ドイツが経済的優等生としての体裁を実現出来るのも、これ全て、キリギリス国家イタリアのおかげではないか。我々まで天真爛漫・成り行き任せを止めて、謹厳実直・慎重居士になってしまっては、ドイツ経済は窮地に陥るよ。ドイツよ、ケチケチするな。どんどんイタリアにカネを貸し続けてくれていれば、それだけ稼げる。ドイツ経済にとって、イタリア経済は実は救世主なのである……。

ちなみに、この考え方の違いは、ＥＵとしての新型コロナウイルスへの対応を巡っても現出しました。「北欧ケチケチ四人組」と「南欧ラテン系三人組」が対峙《たいじ》したのです。四人組はオランダ・オーストリア・デンマーク・スウェーデン、三人組はイタリア・ギリシャ・スペインです。コロナの影響が特に甚大だった三人組は、ＥＵのコロナ対応支援基金を組成するにあたって、ＥＵ共同債を発行すること、そして、支援金は融資ではなく返済義務のない贈与の形を取るようにしてほしいと要求しました。いずれの要求についても、四人組は強く抵抗しました。EU共同債を発行するとなれば、その信用力はもっぱら北欧諸国の健全財政によって裏打ちされます。ところが、共同債で調達した資金はもっぱら南欧支援に回ります。しかもそれを贈与の形にしてくれというのは、いかに被害が大きいとはいえ、いささか虫が良すぎるのではないか。そう彼らは主張しました。最終的には、敢えてケチケチ組に加わることを踏み止まったドイツとフランスが間に入って何とか合意にこぎつけました。

ケチケチ組とラテン組の綱引きを目の当《ま》たりにすれば、百閒先生はまず間違いなくラテン組の味方をするでしょう。先生はドイツ語の教師でしたが、その認識と行動は、どうもイタリアそのもの。イタリア語教師になった方がよかったと思います。（浜）

浜　小田さんについては、随分、紙幅を割いていますね。

小田は初めて訪ねて行った時から大変私に親切にしてくれて、お金もたくさん貸してくれるし、利子も高利貸しの半分位にしてくれた。尤《もっと》もそれでも日歩二十銭か二十五銭位なのだから、安いと云っても普通の取引では想像もつかない高率であるけれども、私などはその当時小田のお蔭で、本物の高利貸しの口をいくつも片づけて、大いに負担を軽くして貰った。
　借りては返し、返しては又借りると云うのは、そう云う関係では普通の事であるが、特に小田に対しては、相手がこちらを信用してくれると云う自信があったので、返しておけば又いる時にいつでも貸してくれると思うから、その時少し位の無理をしても、約束の期日には返しておこうと云う気持になった。

　百閒さんは質屋だけでなく高利貸しからもたくさん借金をしていますから、利子を返していくためにも現金が必要になるわけですが、そういう返済のためにお金を小田さんから借りていたわけです。この種のことは百閒さんにとってはごく普通のことで、自分の借金は誰か別の金貸しに返済するためのものがほとんどだということを別の文章でも何度も書いています。ここには、借金するのは別の借金を返すためで、それをしないとその別の金貸しが困るという認識が示されている。もちろん、本人の状況としては多重債務の借金地獄に陥っているわけですから、ヒドイ体《てい》たらくです。ですが、そんな中でも、カネの「天下の回り方」をよく見抜いている。こういう客観性というか図々しさを持ち合わせている人は、まず、いかなるトラウマにも陥らないでしょう。

そんな百閒先生も、小田さんにはさすがに恩義を感じていたようですね。なぜなら、彼から借りたお金はなるべく返そうと思ったと書いている。もっとも、相対的に低利で百閒が重宝した金貸しだったということもあるでしょうし、なるべく返そうとも思っただけで実際に返していたかどうかは判然としません。とはいえ、次のようにも記録していますから、やはり小田さんとは一定の信頼関係で結ばれていたように思えます。お互いに信用し合っている観がある。借金が取り持つご縁ですね。以下は、小田さんが病に倒れて、「何とかして、二百円都合してくれと更めて頼まれた」時のことです。

二百円では私の借りている額面に足りないのだが、今迄に利子も貰っているし、今差し当たり自分の方で困るのだから、それ丈で証書をお返ししたいと云った。

中中出来なかったが、やっと都合して持って行ったら、小田は、実は療養費にも事を欠いていたところであって、実に有り難い、御恩は決して忘れないと、丸で逆のお礼を云われて、私も恐縮した。

小森 なるほど、今の引用にも「信用」という言葉が出てきましたね。カネを貸す人と借りる側の信頼関係によって、それぞれの事情や立場が結びつけられ、当座のやりくりが可能になっているという側面がわかります。

浜　そうですね。結構、ちゃんとした信用創造がそこにある。『大貧帳』には、古賀という高利貸しのことを書いた文章も収録されています（「高利貸に就いて」）。その中で「高利貸しというものは、古賀に限らずだれでも、まけてくれないものである」と百閒は記しています。

それは取引の初めの内に、大体元の切れるような損はしない丈の利益をあげているからであって、それから先は、取れるだけとるのがこの商売の真髄である。既に自分の方の危険がなくて、今後は取っただけが全部商売の利益になるような起《た》ち場にいて、まけるなどと云う生やさしい相談に乗る必要はないであろう。

これもなかなか面白くて鋭い考察です。高利貸しという商売のビジネスモデルをよく見抜いている。彼らは、決して損をしないための工夫をしっかり凝らしているというわけです。貸し倒れ損失は、確実に回避出来るような返済請求方式を取っている。ここが「それは取引の初めの内に、大体元の切れるような損はしない丈の利益をあげている」のくだりです。そこから先の利子分はまるごと利益になる。こんなにがっちりしたビジネスモデルを構築している商売人が「まけてよ」などというお気楽な話に乗るはずがないというわけです。さらには、カネ貸し業にとって貸し倒れリスクの回避がいかに商売の勘所かということもわかっている。ハイリスク・ハイリターンの原理を理解して、それについてはそれなりに納得しているようにも読める。

ところが、こうして高利貸しビジネスに一定の納得感を示しつつも、何と、百閒先生はこの古賀と粘り強く交渉し、少し返済額をまけてもらう約束をとりつけているのです。凄い手腕ですね。さすがは借金ベテランです（笑）。

こうしてみれば、百閒先生は自分が陥っている借金地獄をかなり客観的に眺めて分析していますよね。そこに働いている原理にじっくり、あれこれ思いを巡らせている。借金の重圧に喘《あえ》ぎながらも、貸借関係というものを観察対象にしている。返済資金がいくら足りないとか、借金取りにどう対応するかというような借りる側の戦々恐々たる思いだけにとらわれるのではなく、カネの貸し借りの力学について「ふーん、つまりそういうことか」という発見を味わっている。こういう人はトラウマとは完全に無縁だと思います。まさに「大」貧民。いや「偉大」貧民。

小森　いろいろな意味で百閒がすごい人に見えてきます（笑）。

浜　百閒の生い立ちの中でこうした感覚が育まれたのかもしれないですね。実家が岡山の大きな造り酒屋さんでしたが、百閒がティーンエイジャーの時に倒産して経済的に困窮した経験を持っているじゃないですか。そのおかげで、カネが天下を回っていく中でどういうことが起こるのかということを、意外と子どもの頃からわかっていたのかもしれません。どの随筆集の中のどの作品中だったか特定出来ないのですが、「私が借りてあげなければ、あの人は人にカネを貸すことが出来ない」というようなことを、陸軍士官学校の同僚との関わりについて書いていた文章もあったと記憶しています。単に図々しいだけのようにも聞こえますが、カネの天下の回り方の仕組みに関する説明として筋が通っていることは間違いない。拾う神は、拾ってほしい人がいなければ商売にならないわけで。

小森　なるほど、カネが天下を回っていくという感覚なのですね。

カネの正しい「天下の回り方」

経済統計の一つに、「部門別資金過不足表」というものがあります。その原統計が「資金循環勘定」。一国の世の中的には馴染みの薄いデータです。しかし、カネの「天下の回り方」を実体験的に理解していた百閒先生には、ただちにその示唆するところをおわかりいただけそうに思うのです。

「部門別資金過不足表」の「部門」は「家計」・「企業」・「政府」・「海外」の四部門を指します。「資金過不足」とはこの四部門がそれぞれ「資金余剰」状況にあるのか、「資金不足」状況にあるのかを示しています。「家計」・「企業」・「政府」は読んで字のごとし。「海外」は当該国の外の世界を意味しています。ある国の対外収支が黒字であれば、「海外」は「資金不足」状況にあります。対外収支赤字国の場合、「海外」は「資金余剰」ポジションになります。

今の日本についてみれば、「家計」と「企業」が資金余剰部門で、「政府」と「海外」が資金不足部門です。今の日本で「政府」が資金不足部門だというのは、容易にご理解いただける通り。何しろ、日本の政府は債務残高の対GDP比が二五〇パーセントになんなんとしているのですから。並外れた資金不足に陥り、それを借金で賄っているのです。この超金欠政府部門に資金を提供しているのが、「家計」と「企業」の両資金余剰部門です。日本は対外黒字大国ですから、「海外」も日本との関係で資金不足状態にあります。「海外」に対しても日本の「家計」と「企業」が資金を提供しているわけです。

「こんなの変だ」。百閒先生は即座にそうおっしゃるでしょう。特に「家計」と「企業」が「政府」の資金不足を補っているという構図に大いに異論を唱えられるに違いありません。「政府」部門は、「家計」と「企業」をお助けするために存在するはず。「家計」や「企業」が何らかの理由で窮地に陥った時、レスキュー隊として出動して救済活動に乗り出す。それが「政府」の役割であるはずです。それなのに、日本においては「家計」と「企業」が「政府」の生計の面倒をみているのです。助け手となるべき部門がお助けするはずの二部門にお助けいただいている。何ともつじつまの合わない話です。

さらに、百閒先生は企業が資金余剰部門だということについても、「気に食わん」とおっしゃるに違いありません。企業はカネを溜め込むために存在しているわけではない。カネを使って事業をするのが、企業だ。それが、「内部留保」という形でせっせと手元にカネを積み上げている。こんなバカな話はない。内部留保なんぞ、やめろやめろ。そう命じられるでしょう。そんなバカげたことはやめて、賃金を上げるべし。すると、収入が増えた家計部門は貯蓄も増やせる。貯蓄が増えれば、家計は安心してカネを使うようになる。家計がカネを使えば、企業も儲かる。企業が儲かれば、政府は税収が増えるから、資金不足から脱却出来る。これが正しいカネの「天下の回り方」だ。そして、正しい資金過不足の構図は、家計は資金余剰、企業は若干の資金不足、政府は若干の資金余剰という姿だ。わかったか――このようにのたまう先生のお姿が目にみえるようです。（浜）

浜　誰かがカネを借りるからカネ貸し稼業が成り立ち、カネ貸し業がカネを儲けると、そのカネが巡り巡って新たな経済活動を生み出して行く。カネが借りられなければ首をくくらなければいけない人々が生きながらえることが出来れば、彼らの引き続く営みが経済活動を支えて行く。こういう全体構図に着眼して面白がるのか。それとも、借金に苛まれカネに翻弄《ほんろう》される自己の不遇に着眼してダークな私小説世界を紡ぎだすのか。ここに弟子百閒と師匠漱石の違いがあったのではないでしょうか。

小森　なるほど。その私小説的な世界という意味で、『道草』の場合にはっきり出ていることがあって、島田の代理人が健三を訪ねてきたあたりで、健三の記憶に、島田と当時の妻・お常の夫婦に育てられていた子ども時代の記憶が蘇ってくるのです。

浜　そうですね。養子に出され、その二人に大事にされて育ったという話ですよね。

小森　そうなのです。でもその大事にされる「され方」が、実は全部、お金がらみだったということが書かれています。

浜　ああ、そうでした。

小森　健三のところに島田がやってきたことが健三の兄や姉夫婦の間でも話題になり、実の父親が残しておいた島田に関する証文や書類を、家を継いだお兄さんが持ってくるのです。父がかつての養育費を分割払いで、月々三、四円を島田に支払っていたことなどもそこで初めて健三は知るのです。そういう書類をお住が読み上げて――そこには小学校の卒業証書だとか、優秀な成績だった賞状も二、三枚まじっていたとあってその少しあとに、こんなくだりがあります。

「貴夫《あなた》の御父さまはあの島田って人の世話をなすった事があるのね」

「そんな話は己《おれ》も聞いてはいるが」

「此所《ここ》に書いてありますよ。――同人幼少にて勤向相成《つとめむきあいな》りがたく当方《とうかた》へ引き取り五ケ年間養育致《いたし》候《そうろう》縁合《えんあい》を以《もつ》てと」


こう、島田と健三の実父との関係性から始まるのです。続く部分は――。


「その縁故で貴夫はあの人の所へ養子に遣られたのね。此所《ここ》にそう書いてありますよ」

健三は因果な自分を自分で憐れんだ。平気な細君はその続きを読み出した。

「右健三三歳の砌《みぎり》養子に差遣《さしつかわ》し置《おき》候《そうろう》処《ところ》平吉《へいきち》儀《ぎ》妻常《さいつね》と不和を生じ、遂《つい》に離別と相成《あいなり》候《そろ》につき当時八歳の健三を当方へ引き取り今日まで十四ケ年間養育致し、――あとは真《まっ》赤《か》でごちゃごちゃして読めないわね」


こうして自分の過去を記した書類を、妻のお住さんに読まれてしまう。決して円満とはいえない夫婦の間で、健三の過去に関する事実が明らかになる（笑）。そこから封印していた記憶が、フラッシュバックするのです。

浜　その記憶のなかには、たとえば幼いころに洋服を裁縫師にこしらえてもらったり帽子を買ってもらったり、金魚や錦絵、自分の体に合う鎧兜を買ってもらったりと、ともかく当時の子どもとしては珍しいものを盛んに買い与えられていたことが含まれていたのですよね。

小森　ええ。当時の情景が次々に脳裏に浮かんでくる。そしてそれらの記憶に島田の姿が織り込まれていることを意識化して、健三は苦しんだとあります。

「こんな光景をよく覚えている癖に、何故自分の有《も》っていたその頃の心が思い出せないのだろう」

これが健三にとって大きな疑問になった。実際彼は幼少の時分これ程世話になった人に対する当時のわが心持というものをまるで忘れてしまった。

「然しそんな事忘れる筈がないんだから、ことによると初めからその人に対してだけは、恩義相応の情合が欠けていたのかも知れない」

三歳から八歳までの時期に、実の親から離されて育てられたということ自体が、彼の生育過程にいろいろな影響を与えていることは推測できますが、思い起こすことが苦しい過去を健三が背負っていることが、この部分でよくわかります。

浜　そうですね。

小森　そして今から思い出してみると、島田の夫婦が自分に対してずいぶんカネを使っていたことを認識するわけです。ずいぶん高い物をたくさん買い与えられていた。

浜　きわめて裕福な家庭の子どものように。でも、島田は別に裕福だったわけではなく、健三の実父から養育費を受け取り、それで幼い健三の歓心を買おうとした。

小森　そうです。その少し先ですが、こんなくだりがあります。

夫婦は何かに付けて彼等の恩恵を健三に意識させようとした。それで或時は「御父《おとっ》ッさんが」という声を大きくした。或時はまた「御母《おっか》さんが」という言葉に力を入れた。御父ッさんと御母さんを離れたただの菓子を食ったり、ただの着物を着たりする事は、自然健三には禁じられていた。

自分達の親切を、無理にも子供の胸に外部から叩き込もうとする彼等の努力は、却《かえ》って反対の結果をその子供の上に引き起した。健三は蒼蠅《うるさ》がった。

「なんでそんなに世話を焼くのだろう」

「御父ッさんが」とか「御母さんが」とかが出るたびに、健三は己れ独りの自由を欲しがった。自分の買って貰《もら》う玩具《おもちゃ》を喜んだり、錦絵《にしきえ》を飽かず眺めたりする彼は、却ってそれ等を買ってくれる人を嬉しがらなくなった。

島田夫婦は、幼い健三に対し、「御前の御父《おと》ッさんは誰だい」「じゃ御前の御母《おっか》さんは」「じゃ御前の本当の御父さんと御母さんは」などと執拗に問いかけ、答えさせていました。そういうことと一体にいろいろなものを買い与えていたわけですね。こう書かれています。

夫婦は健三を可愛《かあい》がっていた。けれどもその愛情のうちには変な報酬が予期されていた。金の力で美くしい女を囲っている人が、その女の好きなものを、云うがままに買って呉れるのと同じ様に、彼等は自分達の愛情そのものの発現を目的として行動する事が出来ずに、ただ健三の歓心を得るために親切を見せなければならなかった。

浜　そういうことを、健三は、実父の遺した書類を通してあらためて確認したわけですね。

小森　ある意味で自分の人生がお金に換算されたような感じを受けたのではないでしょ

うか。

ヒトのカネ化とカネのヒト化

浜　これは「ヒトのカネ化」ですね。

小森　「ヒトのカネ化」というのですか。

浜　私にはそう思えます。先ほども言いましたが、経済活動は「ヒト・モノ・カネ」の三者の関係の中で回っている。それぞれにそれぞれの機能があって、相互に役割交換は出来ない。だからこそ、そこに組み合わせの妙が生まれる。

小森　ああ、なるほど。島田は幼い健三と愛情で結ばれていたわけではないけれど、カネで買ったモノを与えられて、それが愛の代わりになる。だから……。

浜　そう、健三というヒトが島田夫婦のまなざしの中ではカネに置き換えられてしまっている。だから「ヒトのカネ化」です。漫画でよくありますよね。業突《ごうつ》く張《ば》りなヤツの両眼の中にドルマークが出ているシーン。健三を見る島田夫婦の四つの目には、いずれも円マークが出ていたのでしょう。

この話とは直接関係ありませんが、逆に「カネがヒト化する」ということもあると思います。

小森　カネがヒト化する？

浜　これは最近のことですが、ある時期から、ビジネスの中で「市場に聞け」とか「市場との対話」という言い方をするようになっているじゃないですか。「市場に催促されている」というようなことも言いますよね。

小森　あ、たしかに（笑）。

浜　別に「市場さん」という人がいるわけじゃないんだけど、あたかもその市場というカネをやり取りする場が人格を帯びているような言い方をしている。おカネさんに判断を仰いだり、おカネさんの声に耳を傾けようとする。そんな世の中になっているから、リーマンショックなども起こったりするわけです。拝金主義がカネのヒト化をもたらすと、経済活動は確実に調子がおかしくなる。人間の営みとしての性格が希薄になってしまう。

それを思えば、健三さんも幼少時代にヒトではなくてカネ扱いされてしまったことが、先ほど小森さんがおっしゃった「トラウマ」の大きな要因になっていたんじゃないかなと思いますね。

それから今のお話を伺いながらもう一つ思いだしたのですけれども、一方の百間さんは、カネをけちけち貯め込んで使わないようにしていても、みんな不幸になるんじゃないかというようなことを書いていたと思うのです。私が借金までしておいしいご馳走を食べ、おいしいお酒を飲めば、料亭だって儲かるし、みんないい思いができる。みんなが縮こまって健全なる生活をしていたら、世は破滅する。こういう趣旨のことをどこかで書いていたと思います。これもソースを特定出来なくて申し訳ありませんが、いろんな作品の中でこの種の発想を披瀝《ひれき》していることは間違いありません。

これを読んだ時、この人リフレ派かなと（笑）。いや、「リフレ派」という言い方はいけませんね。この言葉を使ってしまうと、なんだか安倍晋三政権の経済政策を百閒さんが先取りしていたような雰囲気になってしまいますよね。それは百閒先生の名誉のために避けなければいけないことです。

小森　「リフレ」というのはどのような経済状況を意味しているのですか？

浜　リフレーションです。リフレーションというのは、まともな経済用語なのですが、我が宿敵チームアホノミクスが打ち出したやり方が「リフレ派」型の政策だと言われるようになったもので、どうも私にとってはイメージの悪い言葉になってしまいました。というか、そもそも、彼らがやってきたことはまともなリフレーション政策ではありません。リフレーションとは、すなわちデフレーションに陥った経済を立ち直らせることを意味します。デフレーションは縮むこと、萎《しぼ》むことを意味します。リフレーションは、ガスが抜けてシワシワに萎んだ風船を膨らませる感じです。

デフレと対をなす言葉がインフレすなわちインフレーションです。インフレーションは膨張現象です。経済活動がパンパンに膨らみ過ぎてしまう。それがインフレ現象です。こうなった場合には、経済活動をデフレートすなわちガス抜きして縮ませなければいけない。膨らみ過ぎた風船を放置しておけば、破裂します。経済活動が破裂することは回避しなければならない。だから引き締め政策を展開する。経済活動が萎み過ぎると人々の生活が成り立たない。だから、萎み過ぎの経済風船にはガスを注入する。これがリフレーション政策です。こうしたやり方自体には問題があるわけではない。チームアホノミクスの問題は、リフレ政策の名の下に全然別の自分たちの下心を追求して来たことにあります。経済政策を自分たちの政治的野望達成のための手段として私物化してきた。

小森　安倍政権の経済政策をめぐる問題点は、以前、別の対談でお聞きしましたね（小森陽一編著『「ポスト真実」の世界をどう生きるか』新日本出版社、二〇一八年）。

浜　はい。彼らは決してまっとうな意図で萎んだ日本の経済風船をもう一度膨らませることを目指して来たわけではない。彼らがデフレ脱却を目指して来たのは、二一世紀版大日本帝国のために強くて大きな経済基盤を構築するという野望達成のためです。そのために、カネをどんどん注ぎ込んで来た。日銀が政府のためにカネを振り出す打ち出の小槌《こづち》と化して国債を大量購入する。株も大量購入して株価を押し上げる。こんなやり方では、カネは天下をまともには回らない。それでも、彼らは気にしない。なぜなら、彼らの狙いはまともにカネを天下に回らせることではない。二一世紀版大日本帝国の経済基盤づくりに貢献してくれる強くて大きな者たちの間だけでカネが回ればいいのです。

私に言わせれば、あの人たちがやろうとしていることはリフレーションではなくて「アフレーション」——カネを天下の一部に「溢《あふ》れ」させることを目指している。だから、彼らは「リフレ派」ではなくて「アフレ派」（笑）。

小森　なるほど。浜さんは安倍政権の経済政策を、「アベノミクス」ならぬ「アホノミクス」だと批判し続けてこられたけど、その論点の一つですね、「アフレーション」は。

浜　その通りです。そこへいくと、百閒先生の、自分がカネを使えば巡り巡って世間が潤うという感覚はかなりまともで、正しい意味でのリフレーション政策に通じるものだといえるでしょう。まあ、だからといって、みんな多重債務を背負いこんでまでカネを使えばいいということにはなりませんが……。

それはそれとして、さきほどの健三氏と島田夫妻の関係に照らして考えれば、百閒には「ヒトのカネ化」体験がなかったから、つまり自分の価値がカネで計られるという非人間的な幼児体験はなかった。実家は倒産したし、身から出た錆でも大いにカネに振り回され続けはしたものの、カネがヒトの価値を決めるというダークな世界に踏み込むことを強いられたわけではない。カネがヒト化したり、ヒトがカネ化したりする場面に遭遇することは免れた。あくまでもヒトが主役の状況の中でのカネとの付き合いだったから、カネの貸し借りに伴う功罪や効用を客観的・大局的にいわばマクロの視点で見ることが出来たのではないか、などと感じます。

アホノミクスからスカノミクスへ——二一世紀版大日本帝国づくりはどうなる？

安倍首相（当時）は第一次政権時代から、一貫して「戦後レジームからの脱却」を目指すのだと言ってきました。戦後という枠組みから飛び出したいなら、行ける先は一つしかありません。それは戦前の世界です。そして、日本における戦前の世界はどんな世界だったかといえば、それは大日本帝国の世界でした。つまり、安倍氏は我々を戦前の世界に引き戻そうとしてきたのです。だからこそ、あそこまで執拗に改憲を追求してきたわけです。改憲をもって強兵を達成し、アホノミクスを持って富国すなわち二一世紀版大日本帝国に相応《ふさわ》しい強くて大きな経済基盤づくりを実現する。この富国強兵路線をひたすら突き進んだのがチームアホノミクスの大将でした。アホノミクスの全てがこの目的意識に紐づいていたのです。

チームアホノミクスの大将は、二〇二〇年九月に首相を辞任しました。それを受けて、安倍政権の経済運営に関する総点検がメディアを賑わせました。筆者も、アホノミクスの功罪を語れというご用命をいくつか頂戴しました。もっともなご依頼です。ただ、ことアホノミクスに関する限り、「功罪」という言い方はあてはまりません。筆者はそう思います。二一世紀版大日本帝国の経済基盤づくりを目指す経済運営に、「功」はあり得ません。その全てが「罪」です。このように邪な野望実現のために経済政策を手段化するというやり方は、大罪です。

首相交代で、この大罪路線はどうなるか。後任の菅義偉《すがよしひで》・前官房長官が、どこまで二一世紀版大日本帝国づくりにコミットしているかは、まだ判然としません。しかし、彼は「安倍首相が進めてきた取り組みをしっかり継承し、さらに前に進めたい」と言っています。少なくとも、アホノミクスの枠組みは踏襲されていくことになりそうです。おかげで、ひたすら「打倒アホノミクス」を追求して来た筆者も、敵を失った喪失感で体調を崩すことを免れそうです。ただ、アベ首相のアホノミクスだったから、スガ首相なら「スカノミクス」と名称変更しようかと思います。スカノミクスの大将は、アホノミクスの大将のように（邪悪な）理念先行派ではなさそうですが、他者の痛みがわかる人のようには到底思えません。彼がテレビ画面に登場すると、我が母が吐き捨てるように、必ず「奸佞《かんねい》」

の一言を発します。「権謀術数《けんぼうじゅつすう》」もよく出てきます。「冷酷」という言葉も似合う人だと思います。「冷酷無比」の方がさらによく似合いそうです。仮に彼が、二一世紀版大日本帝国の構築を明示的には目指していないとしても、この人に他者の痛みがわかるとは到底思えません。他者のために涙する感性を持ち合わせているようには全く見えないのです。もらい泣きが出来ない者には、政策を担う資格はないと筆者は考えます。

結構、弱虫で、だからこそカッとなり易いアホノミクスの大将よりも、奸佞の方が実は手強い悪漢かもしれません。要注意です。（浜）

漱石はカネが怖かった

小森　なるほど、幼児体験も含めて漱石との違いが百閒さんにはあったのかもしれませんね。ところで、百閒が最初に漱石のところにお金を借りにいったのは、インフルエンザで一家が連続して病気して、看護師を雇わざるをえなかった、その看護師への給与が自分の月給よりも多かったからという話なのです。何度か自分でそのことを書いていますが、先ほどの「漱石雑話」にはこうあります。

私は学校を出ると、はじめは陸軍の教官をしてゐたのですが、当時の生活難でお金に困り、お金に困つたと云つただけでは判りませんが、はじめは嘱託で月額四十円を支給せられ、間もなく高等官になつて年俸五百円、六百円、七百円になり、正規の俸給の一番下に達するまでに二三段経過しなければならなかつたのです。

これは実は、どんどん給料が上がっていったという話です（笑）。

浜　そうですね。それなりの収入になっていくのですが、比較的それが少なかった時にインフルエンザにかかるのですね。

小森　そうなのです。百閒はこう続けています。

その当時まだ年俸が五百円だつた時に子供も年よりもみんなインフルエンザに罹りまして、三十九度四十度位の熱を出して家内ぢゆう倒れてしまひ、その為に止むを得ず看護婦を雇ふ。看護婦は一日一円五十銭です。次ぎから次ぎへと家の者が病気するのでその看護婦を帰らす事が出来ない。それで看護婦の費用が一ト月で四十五円もかかり月給だけで足りない。それで貧乏したといふ事になるのですが、そこで仕方なく先生に御無理を願はうと云ふつもりで早稲田南町へ行つたのです。

そこで漱石が東京におらず湯河原にいるということを聞き、それで旅費をかき集めて百閒は湯河原に行こうと考えるのです。

私はこの、一家がインフルエンザでみんな倒れ、「看護婦」を雇って、その支払いのために、漱石に借金をしにいこうと考えたこのいきさつには、なんとなく特別な思いが込められているような気がするのです。『大貧帳』の中に、ちょうどここと対応する「俸給」というエッセイがあって、「祖母、母、細君、子供、私みんな肺炎のようになって、寝てしまったから、止むなく看護婦を雇ったところが、その日当が一円五十銭で、一月近くいた為に、私の月給をみんな持って行っても、まだ足りなかった」と綴っています。そこに続けて、「お金を借りにいったところが、こういうお小言を食った」と書いて、これは誰のところに借金に行ったかはあかしていないのですが、次のように書いています。

身分不相応という事は、贅沢の方面ばかりではない。看護婦を雇う力のないものが無理をして、後で借金するのは怪《け》しからぬ。だれかが熱のあるのを我慢して起きればいい。みんなの世話をして、その為に死ぬとか、或《あるい》は行き届かなかった為に子供が死んでも、それは貧乏の為だから止むを得ないのである。
その時は、私はこの説に服しなかった。

百閒が結婚したのが一九一二（大正一）年で、最初の子ども（長男）が翌年生まれていますから、これは一九一三年以降のことだと思います。誰のところに借金に行ってこう言われたのかはわかりません。百閒はこの時は「この説に服しなかった」。そのあとに「しかし後になって、成る程と思い当た」ったとも書いているので、その後、少し考え方が変わったのかもしれませんが、ただ、この時はそうは思っていなかったし、百閒の「漱石雑話」によれば、「そこで仕方なく先生に御無理を願はうと云ふつもりで早稲田南町へ行ったのです」――つまり漱石の自宅に金を借りにいったと述べています。そこで、取次ぎの人に、漱石が湯河原の天野屋という旅館にいることを告げられるのです。漱石が天野屋に行ったのは、一九一五（大正四）年一一月と翌一六（大正五）年一月で、後者はリューマチの療養でした。百閒が天野屋に漱石を訪ねたのは、後者の時だったかなとも思われます。

漱石の湯河原滞在について

一九一六（大正五）年の元旦から、漱石夏目金之助は「点頭録」と題した随筆を朝日新聞に連載し始めていました。数えで五〇歳になった自らの生涯をふり返りながら、ヨーロッパで始まった第一次世界大戦への危惧《きぐ》を表明していました。とりわけ、プロイセン時代に導入されたドイツの「徴兵制」の問題点を議論していました。

しかし体調が悪化し、一月末から湯河原に湯治に出かけることになります。宿泊したのは天野屋で、内田百閒はそこに金を借りにいったのです。

漱石先生にお金を借りに湯河原へ行つた時、僕の願ひを聴きとどけて戴き、それから麦酒をご馳走になつて翌くる日漱石先生の室に行つたら先生は真つぱだかである。「いよいよいいよ」と云はれるので這入つたが、湯上りの薬か何かを塗り込んでゐたらしい。
（『百鬼園夜話』「はだかの記」）

百閒が初めて漱石夏目金之助に出会ったのは、一九一一（明治四四）年の冬、いわゆる「修善寺の大患」の後の入院先でした。

私はその年の、たしか二月だつたと思ふのですが、胃病で麴町区内幸町の長与胃腸病院に入院して居られた先生に、その病院で初めてお目にかかつたのです。それから間もなく、先生は御退院になつた様に思ひます。私は春になつてからも、幾度か先生のお宅に伺つて、小宮さんなどが先生と色色話して居られるのを、横から怖は怖は聴いて居りました。（「明石の漱石先生」）

この二つの文章を比べただけでも、漱石が百閒と親しくなり、人間的な距離が接近したことがわかります。その接近は、何より文学における信頼関係によって形成されました。百閒に漱石が出した手紙の多くは、自らの著作の校正依頼であり、校正の中身をめぐるやりとりでした。そうであればこそ、最初の漱石全集編集の際に、百閒は、「漱石校正文法」とでもいうべき路線を確立していたのです。

文字通りに「真っぱだか」な漱石と関わることができたのが内田百閒であったことがわかります。（小森）

浜　なるほど。つまりこの時、百閒は、看護師を雇うための借金などと「身分不相応」なことをするなと誰かに小言を言われたけれど、それを身分不相応と考えるどころか、かくなる上は先生に頼るしかないとすぐ思った。そして、先生は病気療養中だと聞いても諦めなかった。それだけ、この借金はしなければならない借金で、正統性のある借金だと確信していたのでしょう。

小森　身分不相応という考え方がそもそも……。

浜　ひどいことを言う人もいたものですね。百閒さんにそんなつもりはサラサラなかったでしょう。

小森　命を助けるためには、日に一円五〇銭かかっても「看護婦」を頼むしかないと、その点は百閒の中には非常に確固としてあったと思います。この、「看護婦」を頼むというのは、日露戦争（一九〇四～〇五年）後の非常に特徴的な社会現象で、戦争に従軍した女性看護師たちが、その後、病気になった人の家に、今でいう訪問看護を行うというものでした。当時としては女性の職業的自立を象徴するような現象でした。志賀直哉の小説などには、「看護婦」の話題にモチーフを取ったものがあります。

女性の職業的自立と近代文学

漱石夏目金之助の小説の、前記三部作といわれている『三四郎』『それから』『門』における、女性登場人物たちの生きていく方法は、高学歴（漱石の小説の場合、帝国大学の卒業生）の男性と結婚することによって安定した生活を築くという方向に限定されていました。

『三四郎』においては、主人公・小川三四郎が東京帝国大学構内で出会った里見美禰子《みねこ》という女性は、三四郎の同郷の先輩で理科大学の講師の野々宮宗八を愛しているらしいのに、兄の里見恭助が結婚を急いでいたため、野々宮の妹の見合い相手と結婚させられてしまいます。

『それから』の菅沼三千代は、母と兄が相次いで腸チフスで死に、かつ父親が日露戦争下の株取引で失敗したため、主人公長井代助の友人・平岡常次郎と結婚させられます。しかし三千代が愛していたのは代助だったと、三年後再会したときに知らされることになり、代助は強く動揺してしまいます。

『門』では、学生時代の友人・安井を裏切って結婚した野中宗助と御米の六年目の結婚生活が描かれていきます。女性主人公・御米にとって、男性との結婚生活以外の選択肢はなかったようです。

けれども後期三部作の『行人』では、養子縁組をして芸者になった入院中の女性、見舞いにくる「普通の令嬢や細君と違っ」た女性たち、そして主人公・長野二郎が見舞いに行った友人が入っている病院で働いている「看護婦」などが、結婚して妻となった、あるいはこれからなろうとする女性たちとの対比で描かれていきます。

その意味で漱石夏目金之助は、女性の職業的自立の可能性が、日露戦争後の日本社会において次第に問われつつあったことに、敏感に反応していたと思われます。漱石とも深いかかわりをもつことになった平塚らいてうが、漱石の弟子・森田草平と、いわゆる「煤煙事件」を起こすのは一九〇八年ですが、一九一一年には雑誌『青鞜《せいとう》』を創刊し、女性自身による性抑圧からの解放を呼びかけました。その意味で漱石小説の女性主人公たちは、「新しい女」の可能性を内在させていたといえるでしょう。一九〇六（明治三九）年の『草枕』の女性主人公・志保田那美にも、その可能性が内在されていたと考えられます。（小森）

浜　この顚末をみても、百閒先生はやはりカネの虜《とりこ》にはなっていませんね。おっしゃるように、家族の命を守るためであれば借金するのは当たり前だと考えていた。借金で首が回らないという意味ではカネに縛られていたといえるのだけど、決してそのことに怯《ひる》んではいない。家族の命と借金の重みを天秤にかけるようなことはしない。家族の命と「分」などというものを天秤にかけることも、もちろんしない。「分」ということでいえば、百閒先生はカネというものに分不相応な位置づけを与えることを決してしなかったといえそうです。カネに魂を奪われていない。カネを恐れてもいない。

小森　一方の漱石先生は、けっこうお金を恐れているように見えます（笑）。

浜　恐れていますね。先ほどから『道草』の健三のカネに対するトラウマということを話してきましたけれど、あの小説の持っているダークで不気味な雰囲気が、つまるところはカネに対する恐れや怯みを反映しているというところが実に面白い。恐くもある。「こわおもしろい」ですね。小説の始まり方も、雨の日、道の向こうからやってくるある人物がいて、その帽子をかぶらない男が健三の姿をじっと見つめていたというものでしょう。それが島田なのだけれども、それがどういう人で主人公とどういう関係にあるのかは、読者にはわからない。その人は何か災いを持ってくるかのような雰囲気があって、非常に印象的な始まりになっています。

小森　おっしゃる通りです。

浜　やがて島田という人物が実際に災いを運んできて、健三はそれに苦しめられるという展開になる。健三は島田に振り回され、精神的に追いつめられているように見える描写もあります。島田に振り回されるというのは、彼がカネをせびってくるからですから、その意味では健三はカネにとらわれてしまっているといえるでしょう。健三はインテリで、知的にはとても先進的で、そうした知的世界において余計なことを考えずに生きていきたいのに、実は、自分の肝っ玉を、自分の一番忌み嫌っているものに牛耳られてしまっている。先ほど、健三が給料袋を畳に放り出すという話が出ましたが、そんなふうにカネをぞんざいに扱うような人が、そのカネにとらわれて苦しめられるというのは、本人としてはたいへんつらいでしょうね。

健三イコール漱石ではないということを忘れてはいけませんが、かなりの程度までこれが漱石の自画像小説だったとすれば、漱石のカネ恐怖症は相当に深い病弊だったと考えざるを得ませんね。そこへ行くと、百閒さんはカネと結構伸び伸びと付き合っている。

小森　漱石は、百閒さんのそういうところを見てとっていたのかもしれませんね。金を貸してくださいと言う百閒に、「そこに積んである札束の中から五円持ってけ」というのは、こいつはカネに振り回される人間ではないから貸してやっても大丈夫だ、と、もしかしたら漱石がどこかで感じていたのかもしれない。五円って当時としては高額ですからね。

浜　そうですねぇ。

小森　それと重要なのは、百閒が繰り返し、漱石に借金した話を何度も書いたり話したりしていることです。自分もそれを自覚していて、もうすでに何度も書いたり講演でも言ったりしたけれど、などと言いながらカネの話をし続けている（笑）。

浜　そうですね。子弟それぞれのカネに対する考え方や二人にとってのカネの位置づけの違いをよく感知して、それを上手に見せているというようなところがありますね。

小森　彼我の違いを見つけて、百閒自身がわかったうえで繰り返していたのかなとさえ思えますね。

浜　カネに関する技術的なこと、たとえば質屋の使い方とか利子をどう払うのかというようなこと、テクニカルなことがよくわかっているのが漱石先生。でもそれはカネが怖いからよくわかっているという面があったのかもしれませんね。それを、あまり気にしていない百閒先生は、漱石先生の授けてくれる知恵を、「ああそういうものなの？」というような感じで受け止めていたのかもしれない。その「そういうものなの？」という感じが、すでにどこか解放されていますね。

百閒さんは、借金取りから隠れるために家を出てひどい場所に住んだりしている。間違いなくカネに痛めつけられているわけです。ですが、どうも、それがあまりこたえてはいなかった。カネの呪縛からは一貫して解放されていた。一方で、高額紙幣を机の横にうずたかく積み上げている師匠の方は、カネの呪縛で雁字搦《がんじがら》めになっていた。そんな構図が見えてきちゃったような気がします（笑）。

度胸と愛嬌の絶妙バランス

小森　そうか……、いま百閒が湯河原で療養中の漱石を訪ねて借金を頼んだ時のやりとりを思い返していました。この二人の違い、そして漱石が百閒をどう見ていたのかが、少しわかってくるような気がします。いろんな文章が残っているのですが、「漱石雑話」によると……。

先生は湯河原にゐられるといふので、それでは湯河原へ行つてお願ひしよう。東京に居られないなら止めるといふそんなわけには行かないのです。湯河原といふ所はまだ行つた事がなかつたので、大体の見当で出かけたのですが……

行ったこともない場所だけれど、ともかく借りにいくしかない、そういう切羽詰まった状況だったというわけです。汽車で行かなくてはならないから交通費も必要だけれど、お金があるわけもない。ともかく交通費を一生懸命かき集めて汽車に乗り、湯河原の駅に着いたらもう夜になっていた。

懐中には二十銭しか持つてゐません。当時の二十銭銀貨にはぎざぎざがついてゐる。ぎざぎざを爪の先で掻いて見て、二十銭はあるけれど二十銭しかない。どつちへ行つてよいのか判らない。どうしようかと考へてゐると、馬車がやつてきて乗れと云ひます。二十銭で乗れるかどうか、勿論今の二十銭とはちがひますけれど、心配でしたが、乗れと云うので乗つて行きましたら……。

手持ちのお金がわずか二十銭しかなく、馬車賃が支払えるかどうかわからないというギリギリのところに追いつめられるけれど、ともかくも乗ってしまう。そうしたらその馬車は実は、天野屋という漱石の滞在する旅館からのお迎えの馬車で料金はただだった。そして、あとでまた詳しく見なおしますけれども、要するにこの時、旅館で漱石に会うことができ、借金を頼んだら了解してくれて、「貸してやるがここにはないから家へ行つて出して貰へと云われ」た。その日は旅館でご飯を食べさせてもらい、泊まらせてもらって、翌日帰る時には、漱石とこういうやりとりがあります。

お金のことは安心しましたけれどこれから東京に帰るお金がないと申しますと、五十銭銀貨ばかり五つ下さいました。それだけあれば多過ぎて余る位です。それから宿屋の玄関には俥《くるま》が待つてゐてそれに乗つて来ました。

つまり、漱石先生は、お金を貸す約束をしただけではなくて、帰りの交通費も出し、夕飯も食べさせてやり、宿に泊まらせてやり、人力車まで呼んでやった。なんで百閒に対し、ここまでしたのでしょうかね（笑）。

浜　百閒さんっていう人が、そこまでしてあげざるをえない雰囲気を醸し出す人だったんじゃないでしょうか（笑）。

小森　そういう雰囲気ってどうやったら醸し出せるのでしょう。借金をしたことがない私としては、この先の人生を生き抜いていくために聞いておかなくては……（笑）。

浜　いや、私もよくわかりませんが、ただ百閒の『阿房列車《あほうれつしや》』シリーズ――彼は鉄道に乗ること自体が好きで、それを目的とした旅を借金してはよくしていました。それを描いた紀行文的作品群ですね――などを読むと、この人はものすごく面倒見のいい人に囲まれていたのだなと感じますね。傍から見てると、危なっかしくてしょうがない。だから気のいい人ほど、この人を放っておけない。ついつい、手を差し伸べてしまう。百閒先生は、いつでも、そんな人たちに囲まれている。食べ物がなければ、誰かがどこかから何か持ってきてくれる。阿房列車の旅にも、仕事をほったらかして忠実に同行してくれる人がいる。先生の旅の送迎に使命感を燃やす人がいる。

小森　人脈に恵まれていたのですね。でもそれは、人徳がないとそうはならないでしょう。

浜　そうですね。ただ人徳に根差す人脈だったかどうかは……（笑）。

小森　徳はありませんか（笑）。

浜　借金に借金を重ね、少なからず踏み倒したりしていた人ですからねぇ……。なんていうんでしょう、人徳というよりは、度胸と愛嬌《あいきょう》の絶妙バランスで人生を生き抜いた人というような印象が私にはあります。この絶妙バランスが人を引き寄せたのではないかと。

小森　「度胸と愛嬌の絶妙バランス」とは？

浜　そうですね、分不相応だなんだといくら言われても、自分の信念を果敢に貫く度胸がある。その一方で、自力では無理だと思えば躊躇《ちゅうちょ》なく愛嬌よく人に寄りかかって行く。この感じですね。そして、実をいえば、この度胸と愛嬌の絶妙バランスは、今日のグローバル時代を上手に生きていくために欠かせない資質なのだと思います。

小森　あ、百閒だったら現代の世界を生き抜ける？（笑）

浜　全然楽勝じゃないでしょうか。今の時代を全く悩むことなくスイスイと生きられるのではないかという気がします。漱石先生は、グローバル時代には不向きな人だと思います。世界のあれこれの不条理や矛盾に、いちいちものすごく悩んでしまって、もう自分一人でつっぱって生きていかないといけないと力んでしまいそう。でも百閒先生は、「こんな具合に何が何だか皆目解らない時代だから、これはもう手当たり次第、みなさんにお世話になっていくしかないもんね。お世話になっちゃおっと」と肩の力を抜くんじゃないかと思います（笑）。今は国境も跳び越えて世界中の人とつながることができますから、「すごく遠くの人、よその国の人にも面倒見てもらえるんだ」と思って、のびのびと生きていく。でも、この人には愛嬌があるからみんな手を差し伸べてくれる――グローバル時代に、ものすごく向いている人だったと思います。

小森　なるほど、なんとなくわかる気がします（笑）。先ほどの「漱石雑話」の湯河原のエピソードを別のエッセイ集『つはぶきの花』の中で、こう書いています。

　小田原から先は軽便鉄道である。おもちやの様な機関車が、ピイピイ汽笛を鳴らしながら、客車を一台引つ張つて走つて行く。その小さな一台の客車にお客が一ぱい、ぎゆうぎゆうに詰められて、腰を掛ける事は勿論、天井は低いし通路は狭いし、起つてゐる事も困難である。

それから凡そ十年後の関東大地震の時、恐ろしいことの起こつた早川、根府川などを通り、断崖の縁すれすれにゴトンゴトンと走つて行つた。

勾配が少し急な所は、機関車の力が弱いから登りにくい。落葉が沢山あつたので、時候は秋だつた事を思ひ出す。その落葉が線路の上に積もつてゐると、葉の油で車輪が辷つて登れない。どこかの切り岸の上で機関車が停まつて、缶焚きが降りて行つて、線路の落葉を取りのけた。

この、二つめの段落は百閒自身が経験した関東大震災のときのトラウマ的な記憶を蘇らせつつ、それを漱石先生が自分を助けてくれた思い出の中に繰り込むことで、ある意味で自己セラピーをしているように見えますね。関東大震災で百閒は、デビュー作の小説『冥途』（震災前年の一九二二年に刊行）の印刷紙型《しけい》が焼失してしまったり、勤務していた海軍機関学校も焼失してしまって解任されたりといろいろな苦労があったし、自分がドイツ語を教えていた愛弟子ともいえるある女性が、震災の大火の中で行方不明になりおそらく亡くなったことを知るなど、つらい喪失体験をしています。

その震災のことをあえて、一家がみなインフルエンザにかかりお金がなくなってしまった切迫した状況を救ってくれた先生、漱石に救われたエピソードの中にさりげなく置くことで、つらい記憶に対し、ある種の相対化を自分の中で行ったように思われます。それはいわば自己治癒《ちゆ》なのですが、自分の師匠も含めて他者のお世話になることにためらいのなかった百閒だったからこそ、そういう書き方も可能になったのでしょう。

関東大震災と文学

一九二三（大正一二）年九月一日午前一一時五八分に発生した「関東大震災」は、昼食準備時であったために発生した大火災をはじめ、死者九万九三三一名、行方不明者四万三七四六名という大きな被害をもたらしました。

「放火」や「暴動」を起こした、「井戸に毒を入れた」というデマ情報が流され、「自警団」と軍や警察が一体となって多くの在日朝鮮人と中国人に対する大虐殺が行われました。

同時に日本人の共産主義者、無政府主義者、社会主義者に対する大弾圧も行われました。労働組合の活動家であった純労働者組合の平沢計七、南葛労働協会の川合義虎らが、九月三日、習志野騎兵第一三連隊の兵士によって亀戸署や荒川放水路で殺されたのが「亀戸事件」です。

平沢計七は『労働及産業』という雑誌に小説や戯曲を発表し、自作の芝居を労働者劇団で上演する活動もしていました。軍は明らかに大正デモクラシー期における文学運動や文化運動を弾圧の標的にしていたのです。

東京憲兵隊の甘粕正彦大尉らは、無政府主義者で雑誌『近代思想』や『文明批評』を発刊し日本社会主義同盟発起人ともなっていた大杉栄を、伊藤野枝、橘宗一とともに、九月一六日、虐殺しました。伊藤野枝は平塚らいてうの『青鞜』の編集に参加する中で、大杉の影響を受けるようになっていました。

関東大震災によって、首都圏の出版業界は決定的な打撃を受けました。当時の印刷は活字印刷で、大火災で、鉛でつくられた活字は溶解してしまいましたし、既刊書の活字組版を増刷のために再生する鋳型である「紙型」は焼失してしまったのです。

東京の少なくない印刷業者がそのような事態となったことがきっかけで、コンパクトに、一ページに二段組みで多くの文字を入れ、売れる作家の代表作を一冊にまとめてしまうという発想で、震災後の一九二六（大正一五）年あたりから「円本」ブームとなっていきます。

当時の東京市内特定地域のタクシー料金が一円で、それが「円タク」と呼ばれていたことにならって、改造社の「現代日本文学全集」、新潮社の「世界文学全集」、春陽堂の「明治大正文学全集」などが、「円本」として続々と売り出されていきました。（小森）

浜　なるほどね。つらいことや苦しいことも率直に自分の作品の中で書けてしまう。題材にしてしまうのですね。転んでもただでは起きないという感じでなかなかしたたか。このしたたかさが人にお世話になることの上手さにつながっているようにも思います。「平気で借金男」は「平気で人のお世話になる男」でもあったということですね。この平気さに何ともいえない愛嬌がある。結構、解放された魂の持ち主だったように思います。だから、すぐ楽観的になれた。この感じは百閒さんならではのもので、漱石先生との大きな違いだったように思います。

漱石先生は、世の中の様々な問題、あるいは個人が当面する諸問題をすごく敏感に深くとらえて考え抜いている。そこには、近代を生きる個人の知的強さが感じられます。ですが、深く鋭く物事をどんどん掘り下げて考えていくだけに、書くものは濃厚なダークさと切迫感で一杯になる。漱石先生は彼の生きた時代の日本と世界に関して相当に悲観していたのではないでしょうか。明治以降の近代日本の歩みを思えば、その悲観的洞察は慧眼《けいがん》だったわけです。

百閒さんにも同様の洞察はあったと思いますが、彼の場合には、そこからきりもみ的に気鬱化していくということはない。閉塞感を弾き飛ばしてしまう楽天性を持ち合わせていたのではないでしょうか。重いテーマが彼の背中からはスルリと滑り落ちてしまう。アヒルのような水鳥の羽根は油っぽくて、撥水性《はっすい》がありますよね。だから、羽に水がしみこんでずぶずぶ沈むことはない。水分をぱっぱっぱっと飛び散らせて生きていける。それが百閒先生だったように思うのです。――漱石に対する百閒のキャラクターを考える時、私はそういう水鳥のイメージを連想します。

小森　面白い！　問題にぶちあたっても撥水するようにはね返して乗り切っていくという姿ですね（笑）。

浜　ええ。百閒撥水説。撥水男だったからこそ、ダークに問題に深入りして行く漱石先生に憧れ、心酔して訪ねていき弟子にしてもらった。のみならず大金を貸してもらった（笑）。

知的強靱さの源泉はいずこに？

今ほど、我々に知的強靱《きょうじん》さを要求する時代は、いまだかつてなかったでしょう。そのように思えます。次から次へと、どう受け止めるべきなのかが俄《にわ》かにはわからない問題が我々めがけてとびかかってきます。

グローバル時代とはどういう時代なのか。グローバル化の進展は、不可避的に弱い者いじめにつながるのか。中国とは仲良くすべきなのか。敵対すべきなのか。経済は成長しなければ破滅するのか。人々の賃金が上がらないのは、労働生産性が上がらないからなのか。温暖化は本当に環境破壊をもたらすのか。食料自給率はどこまで上げておかなければいけないのか。憲法は改正すべきなのか、改正してはいけないのか。脱原発してしまって、エネルギー供給は大丈夫なのか。ロボットは人間にとって救世主なのか、はたまた厄病神か。財政赤字は悪いのか、そうでもないのか。日本にとっては円安がいいのか、円高がいいのか。

四方八方から厄介な問いかけが迫ってきて我々を包囲しています。しかも、それらの問いかけに対するありとあらゆる解答が、ネット上に用意されています。この情報の大海の中には、実に夥《おびただ》しい怪しげな言論の数々が浮遊しています。それらの圧力を前にして、我々は考える力を失います。考えることを止めて知的怠惰の揺り籠の中へとエスケープしたくなってしまいます。

この誘惑にかられた時、我々は漱石先生と百閒先生に倣《なら》わなければなりません。漱石先生は、どんなに苦しくても、物事の筋道を徹底的に考え抜いていく。百閒先生は、怪しげな言説を水鳥のごとくぱっぱと跳ね飛ばしながら、自分の思考の流れをつくっていく。

経済学者のジョーン・ロビンソン（一九〇三～一九八三年）の言葉で、筆者が大いに指針としているものがあります。それが、「どんなバカでも質問に答えることだ。重要なのは、質問を発することだ」です。知的強さの本質はこれだと思うのです。疑念を抱く。疑問を投げかける。容易には納得しない。他者の言葉を鵜呑みにして、わかったつもりになったりしない。これが知的強靱さの原点です。要は、疑り深くなければいけないということです。「ホントにそうか？」という斜《はす》に構えたあり方が肝要なのです。この斜に構えたあり方は、百閒先生の構えです。これがあるから、先生は常に大いなる発見にいたるのです。この構えが先生の知的撥水性を極上のものに仕立て上げていると思います。

思考停止状態に陥ったままであまり調べ過ぎると、我々は知的発見にいたりません。それを強く感じるので、筆者は自分の授業で学生さんたちにレポートの提出を求める時、その中で、必ず三つのことを順序正しく語ってもらうことにしています。すなわち、筆者が提示したテーマについて、

①何も調べずに考えたこと、

②調べて発見したこと、

③湧いて来た疑問、

を、この順序で書いてもらうのです。このやり方が少しでも学生の皆さんの知的強さのパワーアップにつながっているといいのですが……。（浜）

小森　繰り返し、漱石からの借金について書いているのも、その事実がどこかで百閒を

支えていたようにも見えますね。おっしゃるように、借りた金額が半端ではありません。「漱石雑話」では、「金額は二百円であつたと思ひます」とあり、『つはぶきの花』では「お願ひしたのは二百五十円である」と書いていますが、いずれにしろ「大金」と自分でも書いています。

浜　そうですね。よくもまあ自分からそんな金額を口にできるなと……（笑）。

小森　一九一六年のことだとすると、一円がだいたい今の六〇〇〇円くらいじゃないかなと思うのです。たしか日清戦争（一八九四～九五年）の頃は一円が今の一万円くらいだったようですから……。もしそれくらいだとすると百数十万円を先生から借りたということです。「漱石雑話」では、「そんな大金の御無理が通り先生がさう云はれたので私は全く安心しました」とあります。

浜　そこで「全く安心する」のがこの人ですね（笑）。申し訳ないとか肩身の狭い思いをするとかじゃなくて。

小森　先生のありがたさに涙が出るとかじゃなくて、安心して、夕飯をご馳走になってビールも飲んで寝てしまっていますから。この時の百閒は（笑）。

浜　これがまた、グローバル時代向き。誰も一人じゃ生きていけないのだと完璧に確信しているわけですから。

グローバル時代は人を信頼しないと

小森　やはりそうですか（笑）。

浜　こういうことを平気で言っちゃう度胸がある。エッセイを見ると金貸しから一生懸命逃げ隠れしているのですが、それもビクビクしているというのではなくて、エッセイのネタにするぐらいですから平然としているわけですよね（笑）。人の力を借りて何かをするということに、全然引け目・負い目を感じない。必要な時はいつでも堂々とお世話になる。これはかなりの度胸がなければできません。要するに自分の命運を人に委ねることを躊躇しないわけですから、なかなか勇気がある。そう考えれば、なかなかかっこいい感じになって来ますね。

小森　そう言われると、かなりかっこいい（笑）。

浜　だけど、思えば何を最も躊躇してないかと言えば、それは借金なわけですから、そこが笑える（笑）。そして、当面の問題が何とかなると、わりとすぐ安心しちゃう。思えば、これもグローバル時代向きの感性かもしれない。国境を越えた経済社会的広がりが広大ですから、非常に変転が激しい。一寸先に何があるか解らない。ですから、さしあたり、当面のこと、目先のことがなんとかなればよしとするというのも、この時代を生き抜く処世感覚としては悪くないと思います。

小森　あ、そうなのですか。目先で安心しないとむしろまずい？

浜　まずいというか、いろいろこだわってしまうと次のステップにいけないという面はありますね。

小森　あ、そうか、次をふみだす元気というか。そのためにはとりあえずここで大丈夫だと安心しておくことも大事だと。

浜　そうなんです。「なんとかなったわ、よっしゃ」という感覚ですね。「今なんとかなったとしても、次はどうだろう」とか言って心配していると、前に進めない。

小森　たしかに……。

浜　義経の八艘飛《はっそうと》びみたいな感じではあるんだけど、でも「それでも行くぜ」というような感じですかね。思えば、百閒先生の「きっと何とかなるだろう」イズムの背後には、他者への基本的な信頼感があるのでしょうね。相手を信頼して、安心してお世話になっていく。この度胸が愛嬌の良さにもつながってゆき、他者をして、この人の面倒を見なければという気にさせる。ヒト・モノ・カネが国境を越えるグローバル時代には、やっぱりこの度胸と愛嬌の組み合わせは相性がいい。国境を越えて人々がさかんに関わりを持って行く時、そこに信頼関係がなければ疑心暗鬼とギクシャク感が前面に出るばかりです。ややもすれば、グローバル時代は自力更生・自己責任で勝ち抜いていかなければ生き残れない時代だと思われがちです。そんな思い込みに凝り固まっている人々が政治の舞台中央に立っている。そこが恐いですね。

グローバル時代を狂わす自己責任論を排す

自己責任という言葉は、かなり要注意用語だと思います。自己責任の下で何かを成し遂げると言えば、一見したところでは、いかにも自律的で自立性が強く、頼もしいイメージになります。ですが、思えば、これは冷たい言葉です。他者の助けをあてにするな。「天は自ら助くる者を助く」というわけで、助けを必要としている人々を突き放しています。天は決してこのようなことをしません。天は、自助したくてもそれが出来ない人々をこそ助けるのです。

我々の住処《すみか》であるグローバル・ジャングルを、自助能力がある者だけが生き残れる場所だと思い込むのは、誤りです。グローバル・ジャングルは強者と弱者の絶妙な共生の場です。多様なる者たちの共生の生態系。それがグローバル・ジャングルの本質です。ここを誤解して、誰もが自己責任で自分だけが勝ち残ろうとし始めると、グローバル・ジャングルは共生の生態系どころか、共食いでみんなで一緒に共倒れにいたる砂漠と化してしまいます。あの悲惨な3・11東日本大震災が発生した時、多くの製造業者が生産停止に追い込まれました。その中に、一つの小さな部品工場がありました。この部品工場からの供給が途絶えたことで、世界中の自動車生産が打撃を受けました。アメリカでもヨーロッパでも、大手自動車メーカーのアジア生産拠点でも、生産が止まったのです。大手自動車メーカーといえば、グローバル・ジャングルの食物連鎖の中で、最上位の一角を形成しているといっていいでしょう。

そのようにして最大にして最強の者といえども、最小にして最弱なる者の支えを必要としている。その支えがなければ、事業を継続出来ない。かくのごとく、誰も一人では生きていけないのがグローバル時代なのです。この本質を見極めることなく、自己責任論を振りかざすのは、それこそ、前項で考えた「個人の知的強さ」欠如の産物か、さもなくば、悪しき意図をもって淘汰《とうた》の論理、弱肉強食の論理を正当づけようとする謀略だといっても過言ではないでしょう。

ここで、頭に浮かぶのが旧約聖書「イザヤ書」の次のくだりです。

狼は子羊と共に宿り
豹は子山羊と共に伏す。

子牛は若獅子と共に育ち
小さい子供がそれらを導く。
牛も熊も共に草をはみ
その子らは共に伏し
獅子も牛もひとしく干し草を食らう。
乳飲み子は毒蛇の穴に戯れ
幼子は蝮《まむし》の巣に手を入れる。
わたしの聖なる山においては
何ものも害を加えず、滅ぼすこともない。
水が海を覆っているように
大地は主を知る知識で満たされる。
（イザヤ書11－6～9　新共同訳）

ここで大地を満たす「主を知る知識」こそ、グローバル時代を善き時代とするための個人の知的強さの真髄です。それをもってして、二一世紀を生きる我々は自己責任を棄却するのです。

（浜）

小森　でも本来のグローバル時代の人間関係は、人のことを信用するのが大切だという原理ですよね。だって会ったこともない人、話したこともない人と関係が結ばれていきうるわけですから。人間的な関係性の積み重ねもない相手と何かをするということが普通に起きる時代……。

浜　そうですね。一つのモノをつくるという作業も、いまや国境を越えた広がりの中で行われるようになっています。いわゆるグローバル・サプライチェーンというやつです。誰かが原料をつくり、それを使って誰かが部品をつくる。その部品を組み合わせて誰かが完成品をつくる。地球の裏側にある工場で働く人々の技量や誠意を信頼する用意がなければ、こういう分業は成り立たない。

小森　自動車の、この部品はあの国のあの工場、あの部品はこの工場という関係性がある時、たとえば組み立て工程の工場長や労働者は、部品工場に行ったこともなければそこで働く人と話したこともないけれど、でもちゃんと全体としてのコンセプトを了解して、それに必要な作業を一生懸命やっている、だから信用して組み立てて仕上げよう――そんな感覚でしょうかね。

浜　そう。相手がちゃんとやってくれるであろうことが前提となっていて、その前提の上で自分もちゃんとやらないといけないと心得る。グローバル時代はそういう時代でないと行き詰まる。この時代ほど、「おたがいさまのおかげさま」の感性が求められた時代は、いまだかつてなかったといって間違いないと思います。

小森　経済のありようとして見れば、その根幹にクレジット・クリエイションがある。

浜　そうそう、そうですね。クレジット・クリエイションこそ、本当の信頼関係がなければ成立しないわけですから。そういう信頼関係で結ばれれば、このグローバル時代というのは、すごく人間的でいい時代になりうる可能性を持っていると思うんです。とかく、競争や淘汰や弱肉強食ばかりに目が行ってしまいがちですが、実は、グローバル時代の本質はこれらではない。私はそう確信します。

小森　私は、ちょっと考え方が違って、基本的にグローバリゼーションは危険だと今まで思ってきたのです。資本は労働者の搾取の上に利潤を拡大するわけですから、あくまで一つの国家の中にいて税金をちゃんと払い、それを原資に所得再分配がされる必要があると。そうでないと格差がどんどん拡大してしまうので、そうならないようにするにはグローバルな資本の活動を野放しにするのではなく、あくまで国民経済を軸にしてやっていかないとダメではないかと思ってきました。

でもそれが一九九〇年代以降に崩れてしまった。地域の衰退などを見聞きするにつけ心が痛みますし、そうした国民経済の現状をどうするのかという問題は残されていて、今の国の経済政策にはそこがないと思いますが、ただ、巨大化した資本の活動を規制することがかなり困難であることは私も理解しています。その中で、あらためてグローバル化というものに私たち一人ひとりのレベルでどう対応するかということも問われていると思いますが、その一つのヒントが今のお話の中にあるのかもしれません。国は違っても、同じ一つの目的のために、お互い信用し合って連携する、情報を交換し合いながら一つの目的に向かっていくということになるでしょうか。

浜　分かち合いと支え合いと助け合い。これらを合言葉としてやっていけるか。それがグローバル時代を生きる我々に問われているのだと思います。

小森　問われているわけですね。

浜　そうですね。国民経済ベースでの自己完結性の効用については、誠におっしゃる通りだと思います。ただ、それがうまく回らなくなった時の反動が恐い。無理矢理に自己完結性を保持しようとする力学が働くと、そのことが国家主義への誘因になる。排外主義とファシズムを生む土壌となる危険性がある。そのことを歴史が教えていますよね。

小森　それはその通りです。第一次世界大戦も第二次世界大戦も、いろいろな形でその基盤になったものの一つは国家独占資本主義でしたから。

破グローバル化と超グローバル化

浜　そうですね。そういう道に二度と踏み込まないですむようにするための力学として、グローバル化という現象をわれわれが受け止めることが出来るかどうか。ここが問われているのだと思います。グローバル化をおぞましい国家主義を封印するための道具として使う。我々にそれが出来るか。この命題をつきつけられているのだと思います。なかなか厳しい命題であることは間違いありません。現状では、グローバル化を善き力学として使うどころか、むしろ、グローバル化の逆流が始まりそうな気配です。この展開を象徴しているのが、「ディグローバライゼーション deglobalisation」という言葉です。少し前から、この言葉が欧米メディアで何かと飛びかうようになっています。

小森　ディ de ですか。

浜　はい。この「ディ」をなんと訳すか、私は悩みまして、少し前に別のところで書いたんですが、たとえばこの de を「非」と訳すかどうか。「非グローバル化」。

小森　グローバル化ではないもの、という印象ですね。

浜　そう。でもこれだとこのディグローバライゼーションという英語が持っている響きに比べて、どうも、ちょっと弱いように感じてしまうのです。グローバル化を否定し去って、国々がそれぞれの殻の中に閉じこもる。誰もが自国第一主義に徹するようになる。それがディグローバライゼーションのイメージです。

小森　ああ、アメリカのトランプ政権のような、右からのグローバル化批判ですか。

浜　そうです。

小森　たしかにトランプ政権を「非グローバル化」というのはちょっと違う気がしますね。むかし、ディコンストラクシオンというフランス語の言葉を日本では「脱構築」と訳していたことがありますが。

浜　なるほど。私も「脱グローバル化」をちょっとは考えたんですけど、どうも、あのディグローバライゼーションのアグレッシブな感じが伝わらない。じゃあ、と思って「不グローバル化」というのも考えました。アンチの「不」です。

小森　なんだか、すごく不安になる言葉ですね、ザワザワする……。

浜　そうですね。その意味では、不グローバル化も悪くはないですよね。でも、どうもまだ一息しっくり来ない。ここまで来て、気がつきました。非＝「ヒ」がダメで不＝「フ」もだめなら、残るはただ一つ、「ハ」しかないじゃないかと。「ハ・グローバル化」と声に出して言えばいかにも間延びした感じですよね。ですが、この「ハ」に「破」の漢字を当てればどうでしょう。

小森　それは言葉の遊びにもなるところがすばらしい（笑）。グローバル化を「破る」ですか。トランプ政権のあのめちゃくちゃなイメージには合いそうですね。

浜　そうです、そうです。

小森　過激だ。なんか驚かされるような言葉ですね、「破グローバル化」（笑）。

浜　グローバル時代をビリビリと音を立てて破り捨てる。破壊する。破裂させて破滅に追いやる。こんな感じが出るからいいかなと思って。

二〇一六年のアメリカ大統領選挙でトランプ現象というものが起きたのは、グローバル化するアメリカ経済の中で、かつてアメリカ経済を支えたにもかかわらず放置されたと感じ、不遇をかこっていた労働者たちの憤懣《ふんまん》が強まったからでした。グローバル化を批判し自国第一主義を叫んだトランプがその受け皿になったわけです。オバマ前大統領は世界の中で生き、世界とともに生きるアメリカを標榜《ひょうぼう》しましたが、トランプ親爺は世界に背を向けるアメリカを掲げた。その旗印が、いわゆるラストベルト、すなわちアメリカの重厚長大産業エリアの保守派のハートをわしづかみにしてしまった。そこにこそ、破グローバルの力学の一つの大きな拠点がある。

小森　グローバル化を推進してきた超大国で「破グローバル化」の指導者が選ばれた。

意外なことではありますが、それだけグローバル化の弊害が深刻になってきたという意味では自然なことかもしれないし、もちろん、いわゆるAIとかITと呼ばれる技術革新との融合を含めて、一路「破グローバル化」に進むというわけでもないでしょうから、いろんな方向を向いた動きは起こるでしょうが、興味深い現象ですね。

浜　そうですね。「破グローバル化」の急先鋒になっているのがトランプ大統領で、国と国との関係を切り、分断し、自国の内側にとじこもっていく流れが生まれています。イギリスのEU離脱もそういう流れの一つでしょう。また、そういう世界には、百閒さんのような愛嬌や度胸がない生き方がフィットすると思います。

でも、自国の内側にとじこもろうと思っても、とじこもりきれるものではありません。貿易もしていますし、情報は国境を越えてどんどん流通しますから。そして、自分の殻に閉じこもるということは、殻をこじ開けようとしたりおしのけようとしたりする者に対しては、攻撃的に打って出ることにつながる。国々が破壊的な行動を起こしてしまいやすくなっている。そういう中でだんだんみんなで生きるグローバル世界が破滅に向かう。そんな構図が見えて来てしまいます。

小森　その方向へは行きたくないです。

浜　行きたくないですね。

小森　だから同じ「破グローバル化」でも、たとえばトランプ大統領に方向づけられているのとは逆方向の「破」というものはないものでしょうか。

浜　ああ、逆の「破」ですか。それは、実質的には、開放的な関係は維持しながら、大きいものがより大きくなったり、弱いものがよりいじめられたりということのない方向に、という方向感ですね。一皮むけるという意味での「破」。創造的破壊の「破」。それだとすれば、「破」の代わりに、「超」でもよさそうですね。「超越」の「超」。

小森　なるほど。その場合、何をどう超えていくかという、超え方の問題が具体的に問われてくるわけですね。

浜　そうですね。開放的な関係の維持とか、競争の弊害を緩和するとかいうことは、口で言うほど簡単ではありません。グローバル化によって生じるいろいろな弊害が拡大しないよう注意しながら、個人間から国家間に至るまで、いかに徹底的に平和的な関係を構築していくか。スケールの大きい視野が大切になってきますね。人間の疑心暗鬼や視野狭窄を振り払い、突き抜けて超越的な場所に行く。そうした「超」を実現するために我々が共有すべきもう一つの文字は何か。それは「コン」だと思います。

小森　コン？

浜　たましいです。「魂」。

小森　おお、「魂」ですか、なるほど。

漱石にとっての解放と人の「魂」

浜　魂なき状態では、何をどう精緻《せいち》に決めてもダメだと思います。魂抜きでは何事も生命力を持たない。魂を込めて「超グローバル」を追求していくことが出来れば、みんなで開放的で風通しのいい場所に行けそうです。ヒトが魂をカネに奪われてしまっている、カネにヒトの魂が虜にされているような状態では、狭くてジメジメした場所にみんなで閉じ込められてしまう。

小森　その魂とはどういうものかということが、もちろん問題になってくると思いますが、でも今そのご指摘を聞いて、さっきの漱石と百閒の関係性をまた考えました（笑）。

浜　ああ、わかります。

小森　湯河原まで借金しに行った時のことを、詳しく書いている「つはぶきの花」を少し引用してみます。

玄関まで案内された。

取次ぎに、夏目先生がいらしてゐるかと尋ねた。

いらつしやいます、と云つた。

その一言の返事で、安心と心配が一緒にのし掛かつて来た。

取次ぎが先生の部屋に通じてゐるのを待つ間、いきなりこんな所までやつて来た申し訳なさで目の前がちらちらする様だつた。

取次ぎが戻つて来て、どうぞと云つた。

あまり惑乱してゐたので、お部屋へ這入《はい》つた時の事が少し曖昧《あいまい》ではつきりしないが、マッサーヂが来てゐた様である。だから先生は横になつてゐたかも知れない。

その男を退けてから、先生が、何だと云つたんだらうと思ふ。

私は恐縮して小さくなりながら、お願ひの筋を述べた。

先生はいいよと云つて、すぐに引き受けて下さつた。しかしここにはないから、東京へ帰つて、僕がさう云つたと云つて、家内から貰ひなさい。

非常に簡単に済んで手持ち無沙汰の様であつた。

こんな所までやつてきて、君は馬鹿だ、とも云はれなかつた。

或は私がひどく思ひ詰めた様な顔をしてゐたのかもしれない。

晩飯がまだなのだらう、と先生が聞いた。

さう云はれればさうなのだが、今の今まで腹加減の事なぞ考へてゐなかつた。あつちの部屋へ用意させるから、御飯を食べて寝なさい、と云つて先生は女中を呼んだ。

お膳で麦酒を戴《いただ》いてもいいかと尋ねた。

いいよ、と先生が云つた。

それから女中が呼びに来る迄《まで》、先生と何を話してゐたか、丸つ切り記憶にない。先生との間に話題がある筈もないが、又黙りこくつて石の様になつてゐたわけでもないだらう。

こういうやりとりだったわけですが、この「お膳で麦酒を戴いてもいいか」って……すごい肝の大きさと据わり方ですよね（笑）。

浜　この場面でこれを聞くかと（笑）。二〇銭しか持たずに、病気療養中の師匠に借金しに行って、オーケーをもらったら、「ビールいいですか」（笑）。

小森　これが百閒ですね。

浜　まさしく愛嬌と度胸。スーパー・フレンドリネスの人というか……。まさに「超」の人ですね。

小森　何か、通常では考えられない関係性の組み替えがありますでしょう？

浜　ありますね。一丁前に縮こまっているように見せながら、ビールいいですかと聞いてしまうという（笑）。

小森　私だったら絶対言えないな、これ（笑）。お金も借りた、飯も食っていけと向こうからいわれた。ところで先生、ビール飲んでいいですか？——言えないです（笑）。これが言えるっていうのはやっぱり人を信用してるっていうことでしょうか？

浜　そうですね、すごい度胸だし、人を信頼して委ねてしまっています。

小森　ああ、委ねたのですね。

浜　そう、おそらくこの「委ねる」っていうことが重要なのだと思います、グローバル時代には。そしてこんな性格の百閒さんという人は、漱石先生にとっても、ちょっと解放感につながる存在だったのではないかなと思います。漱石先生は、何事においても一点に向かって凝縮、凝集していくたちの方だと思うのです。それに比べたら百閒さんは、引きずらないというか、問題にとらわれず、次に向かって前を向く、というようなところがあったと思います。一点に向かって凝集し、とことんこだわるというのは大事なことですが、たいへんなエネルギーがいるし、その漱石先生から見たら、こういう漫才のようなやり取りができる相手というのは、ある種、ホッとできたのではないかなと。

小森　たしかに！　この場で「ビール飲んでいいですか」と言われれば、漱石の方も心が和むし温まりますね。なるほど……。言われてみれば、漱石の弟子には百閒のような人はあまりいなかったのかもしれません。おそらく小宮豊隆《とよたか》などは、とことん先生に気を遣って、いろいろなことをお膳立てして、「先生、いいでしょうか」と了解を得るようなタイプの人だったでしょう。そう言われると、漱石としては「うん」というしかないみたいな。そういう、とくに初期の弟子たちとは、百閒はまったく違うタイプだと思います。

浜　『道草』や『こゝろ』の鬱々《うつうつ》とした世界を、なんとなく百閒は跳び越えているように、漱石には見えたかもしれないなと想像します。やっぱり、「超」だ。

委ねて託す魂こそ、積極的平和の礎

超グローバル時代の「魂」は委ねることにある。小森先生とのやり取りを通じて、あらためて、その確信を深めました。我が命運を他者に託す。これほど大いなる勇気はないでしょう。

ここで思いが及ぶのが日本国憲法の前文です。その中段部分に次のくだりがあります。

「日本国民は、……（中略）……平和を愛する諸国民の公正と信義に信頼して、われらの安全と生存を保持しようと決意した」。

これほど徹底した「委ね」と「託し」がどこにあるでしょうか。他者の公正と信義に信頼する。彼らの公正と信義に我が身の安全を委ねる。我が生存さえをも託してしまう。それを決意する。この魂の清新さと力強さに息を呑みます。

ところが、驚くべきことに、というか、さもありなんというか、安倍晋三氏は、憲法前文のまさしくこの箇所について、「つまり、自分たちの安全を世界に任せますよと言っている」と指摘し、そのことが「いじましい」、「みっともない」という認識を披露しているのです（ネットTV番組で）。「自分たちの安全を世界に任せますよ」と毅然《きぜん》として言い切れることのどこが「いじましい」のか、どこが「みっともない」のか。積極的平和主義という言葉を使うのであれば、この宣言こそ、その真髄だといえるでしょう。

全く同じ一連の文言を巡って、安倍氏と筆者の理解と認識が、ものの見事に正反対になっている。「ああ、やっぱりね」と思います。正反対でよかったとつくづく思います。正反対で当然です。二一世紀版大日本帝国づくりを目指す人と筆者の間に多少とも認識の重なりがあるわけがありません。

委ねること、託すこと、信頼すること。これらのことを、安倍氏は責任放棄だと受け止めるのでしょうね。思えば、この人もその意味では究極の自己責任論の人なのでしょう。ただし、むろん、彼の自己責任論は、ご本人がご本人の言動に責任を持つという意味での自己責任論ではありません。そうだったとすれば、彼はとうの昔に政界を去っていなければならなかったはずです。この人の自己責任論は、人間同士がお互いに委ね合い、託し合い、支え合うことを「いじましい」、「みっともない」と受け止める人の自己責任論です。この手の自己責任論は、破グローバルの論理です。お互いに相手の公正と正義を信頼せず、我が身の安全と生存は軍備増強で自分で守る。そう決意しろと言いたいのでしょう。

委ねる魂は解き放たれた魂です。自分で自分の身を守れないこと、他者の公正と正義をあてにしなければならないことは「いじましくて、みっともない」と思ってしまう魂は閉ざされた魂、封じ込まれた魂です。封じ込められた魂、解放されていない魂をもってしては、二一世紀を生きていくこと、他者と共に生きていくことは出来ません。二一世紀版大日本帝国を目指す人の魂の解放のために、我々は祈ってあげなければいけません。（浜）

『明暗』をめぐる漱石と百閒の呼応

小森　漱石は第一高等学校と東京帝国大学で教える一方で、一九〇五（明治三八）年、

『吾輩は猫である』を『ホトトギス』に連載し始め、小説を書くと原稿料がもらえるという、特別収入の道筋が開かれた——その原稿料が思いのほか多いこともわかって、やがて一九〇七（明治四〇）年に職業作家の道を歩み始めます。

『道草』の後半で、健三が島田から証文を一〇〇円で買いとるために、一〇日間で何か書くという場面があります。実はその直前の時期、健三は試験の採点をしているのです。「試験の採点」と書けばいいのに、漱石はそう書かず「厚い四つ折の半紙の束を、十も二十も机の上に重ねて、それを一枚毎に読んで行く努力」「読みながらその紙へ赤い印気《インキ》で棒を引いたり丸を書いたり三角を附けたりした」というような七面倒くさい書き方をしています。これは、わかる人には試験の採点だとわかるのですが、わからなければ何のことか意味のわからない、でもしんきくさい、面倒くさそうな作業をしているのだなということはわかると思います。その採点の合間に島田の代理人が訪ねてきたりして、健三のいらいらはどんどんつのっていく、という様子が、いずれにしてもよくわかる描写になっているのです。

その「赤い印気で汚い半紙をなすくる業《わざ》は漸く済んだ」時、健三は何かを一〇日間で一気に書いた、とあります。私はこの健三の「一気書き」は、漱石が『坊っちゃん』を書いた時の経験がモチーフになっているような気がします。

書いたものを金に換える

養父・島田と再会した『道草』の主人公・健三は、縁を切るために、戸籍を実家に戻す時に入れた「書付」を、一〇〇円で買い取ることにしました。

赤い印記で汚い半紙をなすくる業《わざ》は漸《ようや》く済んだ。新らしい仕事の始まるまでにはまだ十日の間があった。彼はその十日を利用しようとした。彼は又洋筆《ペン》を執《と》って原稿紙に向った。

比喩《ひゆ》的な表現ですが、「赤い印記で汚い半紙をなすくる業」とは、期末試験の採点のことです。健三にとっては、とても不愉快な作業だったのでしょう。嫌悪感に満ちた表現になっています。「新らしい仕事」すなわち新学期が始まるまでの「十日」間の時間があったので、「又洋筆を執って」、今度は「赤い印記」ではなく、普通のインクで「原稿紙に向った」というのです。つまり「原稿料」を稼いで、島田から「書付」を買う金にあてようとしたのです。

健三が「原稿料」なるものをはじめて手にしたのは、『道草』という小説の中では細君の出産とほぼ同じ時期に設定されていて、額は「三十円」でした。これは「知人」からの依頼で、「その男の経営する雑誌に長い原稿を書いた」のであり、「筆の先に滴《したた》る面白い気分に駆られ」て書いたので「彼の心は全く報酬を予期していなかった」のですが、想定外の収入を得たのです。「依頼者が原稿料を彼の前に置いた時、彼は意外なものを拾った様に喜んだ」とあります。

健三をモデルの漱石に見立て、これが『ホトトギス』に掲載された『吾輩は猫である』第一回だとすると、それよりはるかに長いものを書かないと「百円」以上にはなりません。

『坊っちゃん』は、それが掲載された『ホトトギス』第九巻七号（一九〇六年四月）で、「平生の五倍約三百頁」と、その長さが強調されていますし、実際漱石は試験の採点後に一気書きをしています。

健康の次第に衰えつつある不快な事実を認めながら、それに注意を払わなかった彼は、猛烈に働いた。恰《あたか》も自分で自分の身体に反抗でもするように、恰もわが衛生を虐待するように、又己れの病気に敵討《かたきうち》でもしたいように。彼は血に飢《う》えた。しかも他《ひと》を屠《ほふ》る事が出来ないので已《やむ》を得ず自分の血を啜《すす》って満足した。

予定の枚数を書き了《お》えた時、彼は筆を投げて畳の上に倒れた。

「ああ、ああ」

彼は獣《けだもの》と同じような声を揚げた。
書いたものを金に換える段になって、彼は大した困難にも遭遇せずに済んだ。
それまで「報酬を予期していなかった」執筆活動を、「原稿料」を意識して行う、つまり職業作家になる健三の転換がここに刻まれているのです。「細君」の出産と最初の「原稿料」収入を得ることが重なっていることも、設定としては意味深長です。（小森）

小森　『道草』でこの部分は、健三が自分の過去と訣別するお金を調達したという話題になっているのですが、そのお金が自分の書きたいことを書いた原稿料だったという点は、少し明るい気がします。鬱々とした作品の中で、ここだけはちょっと例外的に明るさがあるわけですが、そこには自身の人生を小説家として定めていった時の漱石の思いが投影されているのかもしれません。

浜　ああ、そうですね。そこはちょっと、カネから解放されているようにも見えますね。

小森　微妙ですけれどもね。ただ、本当の漱石は、笑いを取る文学を書きたいと思って『吾輩は猫である』で執筆活動を始め、『坊っちゃん』を書き、職業作家となり、その頃から一〇年近くの時を経て、おそらく自分のトラウマを言語化しておく必要がある、という思いをもって『道草』を書いたと私は思うのです。漱石は自身の精神構造と生い立ちの問題をよく自覚していたのではないかなと。

先ほど、島田のたび重なる来訪にいらいらしていた健三が、子どもが母のお住さんに頼んで買ってもらった草花の鉢を、縁側から蹴落としてしまう場面のことについてふれましたが、その時は一瞬、気がせいせいしたけれど、すぐ自己嫌悪になり、自らの行動を、「己《おれ》の責任じゃない。必竟《ひっきょう》こんな気違じみた真似を己にさせるものは誰だ。其奴《そいつ》が悪いんだ」などと考えています。これは精神分析で言うところの解離《かいり》（ディソシエーション）のようなもので、その表れを正確に書きつけているわけです。こうした繊細な精神分析的な書き方も、漱石があえて自身の人生の中にあるトラウマをしっかり見つめて対象化しながら執筆していたように思われるのです。

そういうことも含め、『道草』で、漱石は自分の過去と向き合い、そして実はその時に、自分が書いてきた小説の原点は笑いを取る作品であり、それが自分にとって救いだったというふうに自覚しなおしたかもしれないと思うのです。『道草』を書き終わった後の漱石が――彼は翌年に『明暗』を新聞連載中に亡くなりましたから晩年の漱石ということになりますが――、そういう思いを持っていたとしたら、そこにやってきた百閒が、そういう笑いをもたらす人だったということを、ちょっとうれしく思ったのではないでしょうか。

だって、百閒が「ビール飲んでいいですか」と言った時に、漱石は、ぷっって吹き出しそうになったと思うんですよ（笑）。そして、「あっ、こいつは俺の笑いの文学の主人公だ」と思ったかもしれません。

浜　そうかもしれませんねぇ。それが漱石にはいとおしく見えたかもしれないし。

小森　ええ。どこか漱石に救いをもたらす存在だった可能性はある気がするのです。もしそうだとすると、湯河原の宿に、泊めてくれて人力車まで呼んでくれたのも、わかるような気がしてきます（笑）。百閒は存在そのものが漱石のセラピストだったのかもしれないなと。

『道草』の中の「笑い」と漱石

唯一の自伝的小説である『道草』の主人公・健三は、めったに笑わない男です。もちろん、「十五、六年」ぶりに、街頭で養父・島田に出会うところから小説が始まるのですから、笑う条件のあまりない物語であることは明らかですし、第一章の末尾は、「機嫌のよくない時は、いくら話したい事があっても、細君に話さないのが彼の癖であった。細君も黙っている夫に対しては、用事の外決して口を利かない女であった」とあるので、設定それ自体として笑わない夫婦なのです。

しかも「頭を余計遣い過ぎる」（六章）健三は、「胃の具合」も悪く、「始終いらいらするものがあって」（九章）、彼の「心には細君の言葉に耳を傾ける余裕がなかった」（二十一章）ということになります。

こうした夫婦のところに養父の島田がお金の無心に来るのですから、『道草』という小説の主人公夫婦に笑いがないのはしかたのないことでもあります。

そんな健三とお住夫婦の間に「微笑」が共有される時があります。その一つが六十五章の次の場面です。

そうした日和の好い精神状態が少し継続すると、細君の唇から暖かい言葉が洩れた。

「これは誰の子？」

健三の手を握って、自分の腹の上に載せた細君は、彼にこんな問を掛けたりした。その頃細君の腹はまだ今のように大きくはなかった。然し彼女はこの時既に自分の胎内に蠢《うご》めき掛けていた生の脈搏《みやくはく》を感じ始めたので、その微動を同情のある夫の指頭に伝えようとしたのである。

「喧嘩をするのは詰り両方が悪いからですね」

彼女はこんな事も云った。それ程自分が悪いと思っていない頑固な健三も、微笑するより外に仕方がなかった。

『道草』には、健三と御住の間の微妙な身体的接触が、注意深く描きこまれていますが、この時御住は健三の「手を握って、自分の腹の上に載せ」て、胎児の「脉搏」を「夫の指頭に伝えようとした」と、きわめて繊細な表現が選ばれています。

気むずかしい健三に、「微笑」を呼び起こすことのできるのは、二人の間で共有される「同情」への身体的な働きかけなのです。その意味で、この場面を書いた漱石夏目金之助が、笑うこととしての「微笑」を、健三と御住夫婦の、日常の中で積み重ねられてきた身体的接触の、精神的昇華として描き出していることは注目すべきことです。

健三のモデルの漱石自身、『吾輩は猫である』『坊っちゃん』といった「笑いの文学」を執筆していました。（小森）

浜　強烈に効果のあるセラピストだったでしょうね。漱石先生はそのセラピーも力にして、自らのトラウマを超えて新たな次元にいくことができたのかもしれない。ここにも「超」がある……。

小森　ああ、それが『道草』を書いた後の『明暗』になるのかも……。

浜　『明暗』って、確かに次の次元にいっている感じがしますものね。

小森　もしそうだとすると、漱石論の新説ですね。『明暗』の後半の舞台――主人公の津田がかつての恋人・清子に会いに行った先ですが――は温泉地で、はっきりとは書いていないけれど湯河原だと思われます。そこに向かう主人公の津田は、汽車から軽便鉄道に乗り換えていて、しかもその軽便鉄道が途中で脱線し、客が押して軌道に戻しています。軽便鉄道の停車場では宿の出した馬車に乗り込んでいます。『明暗』は一九一六年五月から連載が始まっていて、その年の一月に漱石はリュウマチの療養のために湯河原の天野屋に滞在していましたので、その場所を小説の舞台の一つにとるということは不自然なことではありません。ただ『明暗』で「靄《もや》とも夜の色とも片付かないものの中にぼんやり描き出された町の様はまるで寂莫《せきばく》たる夢であった」と漱石が書いた停車場の描き方は、百閒が読売新聞に連載したものをまとめて一九六一年に刊行された『つはぶきの花』で、「その内に日が暮れて、湯河原に着いた時はあたりは真暗であつた。どつちへ向いて、どう歩いていけばいいのかわからない。どこかで水の音がしてゐるらしい」と書いた不安感に満ちた湯河原駅前の描写と、少し雰囲気が似ている気もします。

もちろん偶然なのかもしれませんが、『明暗』の津田が旅館に向かうくだりに、百閒はあえて重ねてこれを書いたのかもしれませんね。

浜　おお。たしかに……。そうかもしれないですね。

小森　湯河原の描写をあえて『明暗』に重ねるように書いて、自分と自分の師との、お金をめぐる立ち位置を再確認するようなエッセイを百閒が書いたのかもしれないなと思うと、そこには単純なパロディにとどまらない、もしかしたら『明暗』という作品や漱石という作家の本質的な問題を、百閒なりに考えてそうしたのかもしれないなという、一種の呼応関係を読むこともできるのかもしれませんね。

浜　すごい！　面白いですね。ここにもカウンターポイントがある。子弟二重唱。

『明暗』の新境地について

漱石夏目金之助の遺作となった『明暗』は、一九一六（大正五）年五月二六日から一二月一四日まで連載されました。漱石が息を引き取ったのは一二月九日。作者の死によって、途中で終わった長篇小説です。

男性主人公の津田が痔の診察を受けている場面から、この長篇小説は始まります。そして第三章で帰宅します。その冒頭部です。

角を曲がって細い小路《こうじ》に這入った時、津田はわが門前に立っている細君の姿を認めた。その細君は此方《こっち》を見ていた。然し津田の影が曲り角から出るや否《いな》や、すぐ正面の方へ向き直った。そうして白い繊《ほそ》い手を額の所へ翳《かざ》すようにあてがって何か見上げる風をした。彼女は津田が自分のすぐ傍へ寄って来るまでその態度を改めなかった。

「おい何を見ているんだ」

細君は津田の声を聞くとさも驚いたように急にこっちを振り向いた。

「ああ吃驚《びっくり》した。――御帰り遊ばせ」

同時に細君は自分の有《も》っているあらゆる眼の輝きを集めて、一度に夫の上に注ぎ掛けた。それから心持腰を曲《かが》めて軽い会釈《えしゃく》をした。

半ば細君の嬌態《きょうたい》に応じようとした津田は半ば逡巡《しゅんじゅん》して立ち留まった。


この引用部は、通常の描写の説明方法でいえば、男性主人公である津田の〈視点〉からの描写だということになります。読者に伝えられている「細君の姿」は、すべて津田の眼差しによって把握されたものとして書かれています。

けれども引用部からは、この「細君」も津田が自分に近づいてくるのを十分認識しながら、それに気づかないふりをしつづけて、津田が「おい」と声をかけた瞬間、あたかもこの時はじめて気づいたかのようにふるまってみせる演技性が色濃く感じられます。

その理由は、第二文で書きこまれている「その細君はこっちを見ていた。しかし津田の影が曲り角から出るや否や、すぐ正面の方へ向き直った」という姿勢への微妙な言及にあります。横向きで津田が角を曲がったのを認知した瞬間、「正面」に向き直って、見ていたのに見なかったふりをして、驚いてみせる、細君（お延）の演劇性が微細な方向を示す言葉で読者に喚起されているわけです。

つまり、視線ははずしておいて、近づいたときにはじめて気づいたふりをするお延の演技性が示されているのです。唯一の自伝的な小説『道草』で、健三とお住夫婦の両方の意識に即した描き方で小説を書く方法を確立した漱石は、『明暗』においては視点の重なりとずれの中に、作中人物相互の微妙な心理の葛藤《かっとう》を織り込むわざを導入することに成功したのです。

（小森）

小森　「漱石雑話」に話を戻してみますと、百閒はこう書いています。

大正五年の暮漱石先生が亡くなられたのは、大山元帥と同じ日でありました。新聞の記事は大山元帥よりも漱石先生の方を大きく扱ってゐました。これは一面には不思議な様な気もしましたが、結局それまでの世間の評価では、漱石先生よりも大山元帥の方がえらかつたから同時に起こつた二つの事実のうち漱石の死がセンセイションを起したと云ふ事になるのでありませう。

これは意味深長な考察であり、鋭い指摘だと思います。大山元帥というのは薩摩藩出身の武士から明治政府の陸軍大臣、陸軍参謀総長などになった陸軍大将・大山巖《いわお》です。西南戦争をはじめとする士族反乱を鎮圧し、日清・日露戦争でも武勲をあげた。その意味では列強が軍事力でぶつかりあう時代、やがて世界戦争に行き着く時代の中心にいた人物です。そんな「えらかつた」人よりも、小説家にすぎない漱石の方が、新聞がその死を大きく取り上げたことに百閒は注目して、あえてそのことを強調しているのです。

自分の先生だから、そういう扱いがうれしかったのかもしれませんが、それ以上に、『明暗』に達した漱石が描こうとした世界を百閒が理解し、それは近代の日本という国家、その中心にあった軍事組織よりも重要なものだった――いや近代の大日本帝国はゆがんだ軍事国家であり、それへのアンチテーゼを示したのが漱石だったと考えてのことだったのではないかというふうにも読み取れます。

浜　なるほど。

小森　だとすると、漱石がこの世を去った後も、百閒は、漱石との対話を何度も自分の中で再生し直し、意味づけ直して、次第に研ぎ澄ましていったのかもしれませんね。貧乏借金生活をする中で。

浜　先だった師匠との二重唱がその後も続いた。そして、どんどん磨き上げられた調べになっていく。ワクワクしますね。百閒さん、借金の相手として、信用創造という言葉の本当の意味にこれほどよくマッチした人に出会えたことにさぞや感激していたことでしょうが、その信用創造の場面で生まれた師匠との魂の対位関係にも深い感動を覚えたのでしょうね。

小森　百聞の漱石がらみのエピソードは信用創造の瞬間を書いているわけですね。

浜　百閒のパーソナリティは、信頼できる相手に対し、すべてをさらけだし委ねるというものであるわけですが、この「委ねる」感覚があるからこそ、カネを介して、ヒトが本質的な出会いを味わうことが出来る。委ねる感性が本当の信用を生み出す。そういうことなのだと思います。そこに委ねる人と委ねられる人との絆《きずな》があると、カネも笑いをもたらしたり、安心感をもたらしたり、ビール飲みたい感をもたらしたりすることが出来る(笑)。

やはり、カネはしっかりヒトに結びついていれば――そこに人が人を信用するという関係があれば――人間の営みとしての経済の頼もしい助け手になれる。だが、ヒトから遊離しちゃったカネは善きものを何も生み出さない。ヒトから遊離したカネは恐ろしい。ヒトから離れたカネはやがて必ず自らヒト化しようとする。そして、本物のヒトを振り回すようになる。そんなことも、あらためて感じさせられます。

小森　なるほどね。漱石は『道草』で、その「ヒトから遊離したカネ」の怖さを、自分の過去を見つめながら書いていったけれども、そのあと、百閒とのやり取りもあったりして、『明暗』という境地を切り開き、そこを百閒は、自分の漱石との関わりの体験を通して読み直して、まるでそんな漱石にのりうつられるようにして、自らの思索と執筆を重ねていったのかもしれませんね。

浜　面白い！

小森　「文士の家計簿」は、弟子と先生の心の通い合いをうながしたのですね（笑）。

浜　そうですね。魂の通い合いでしょうか。

小森　なるほど、そこで「魂」が大事という話に結びつきますね（笑）。

二　二人の時代と「コロナの時代」

漱石文学の中の感染症

小森陽一

百閒の家族の危機は、インフルエンザへの感染として起こりました。師の漱石の小説を「コロナ禍」で読み直すと、繰り返し感染症が社会にもたらす危機に言及しています。本書が世に出る状況が「コロナ禍」であることをふまえこの項をつけることにしました。

「あばた」と「種え疱瘡」

『吾輩は猫である』第九回（一九〇六年一月）の冒頭、「吾輩」はいきなり「主人は痘痕《あばた》面《づら》である」と苦沙弥《くしゃみ》先生がかつて痘瘡《とうそう》（疱瘡《ほうそう》、天然痘）に罹患《りかん》し、その病の痕跡としての「痘痕」が、顔に残っていることを読者に暴露します。

御維新前はあばたも大分流行《はや》ったものだそうだが日英同盟の今日から見ると、こんな顔は聊《いささ》か時候後れの感がある。あばたの衰退は人口の増殖と反比例して近き将来には全くその迹を絶つに至るだろうとは医学上の統計から精密に割り出されたる結論であって、吾輩の如き猫といえども毫《ごう》も疑《うたがい》を挟《さしはさ》む余地のないほどの名論である。

明治日本が「御維新」（一八六七年）から「日英同盟」（一九〇二年）まで、「文明開化」「富国強兵」「殖産興業」、そして「脱亜入欧」をめざしてきた過程が、「あばた」の減少過程として歴史化されています。実際に一八八五（明治一八）年以降、日本国内での疱瘡の大流行はなくなりました。

エドワード・ジェンナーが一七九六年に、より安全な種痘法を開発して以後、疱瘡の感染者は激減しました。それは近代科学の発展により、蒸気機関が発明され、機械化と工業化が一気に進み、西ヨーロッパにおける人口が爆発的に増加した歴史過程と重なっています。

確かに「吾輩」の言う通り、「人口の増殖」と「あばたの衰退」は「反比例」していたのです。一九〇六年一月から見て、「近き将来」であるかどうかは微妙ですが、一九八〇年五月八日、ＷＨＯ（世界保健機関）は疱瘡（天然痘）の根絶を宣言しました。

大英帝国留学から帰国した後の、『吾輩は猫である』の執筆にいたる出来事を描いた漱石の唯一の自伝的小説『道草』（一九一五年）では、主人公の健三が、自分が養子にやられていた幼少期の記憶を、当時住んでいた家屋の空間配置や近隣の光景を媒介にして思い起こす第三九回で、「痘瘡」への言及があります。

彼は其処《そこ》で疱瘡をした。大きくなって聞くと、種痘が元で本疱瘡を誘い出したのだとかいう話であった。彼は暗い檽子《れんじ》のうちで転げ廻った。惣身《そうしん》の肉を所嫌わず掻《か》き挘《むし》って泣き叫んだ。

ペリーに開港を迫られ、結果としてアメリカ・イギリス・フランス・オランダ・ロシアと「安政五カ国条約」という不平等条約を、一八五八年に結んだのとほぼ同時に、江戸神田お玉が池に、牛痘接種法施術所として種痘所が開設されたのです。一八六一年に西洋医学所と改称し、六三年に医学所となり、西洋医学教育の拠点となりました。
明治維新で医学所は廃校になりましたが、六八年に再興され、明治新政府の医学教育機関として、医学校、大学東校、東京医学校と変遷しながら、帝国大学医科大学の基となったのです。明治政府は一八七〇（明治三）年に太政官達《だじょうかんたつし》によって、国民に進んで種痘を受けることを奨励しました。
『道草』の主人公・健三は、「種痘」を受けて、それが元で「本疱瘡」にかかってしまったのです。健三のモデルである一八六七年生まれの金之助は、養父・塩原昌之助が、地域の区長のような職についていたこともあり、先の太政官達を積極的に実践する意味も含めて、三歳の時に「種痘」を受けさせられ、そこから「本疱瘡」に罹患したのです。苦沙弥先生の顔の「あばた」も、健三や金之助と同じ経緯であることを、「吾輩」は読者に報告しています。

　これでも実は種《う》え疱瘡をしたのである。不幸にして腕に種えたと思ったのが、いつの間にか顔へ伝染していたのである。その頃は小供《こども》の事で今のように色気もなにもなかったものだから、痒《かゆ》い痒いといいながらむやみに顔中引き掻いたのだそうだ。丁度噴火山が破裂してラヴァが顔の上を流れたようなもので、親が生んでくれた顔を台なしにしてしまった。

「種え疱瘡」は「植え疱瘡」の宛字《あてじ》であり、痘瘡（天然痘）の予防接種のことです。細菌やウイルスによる感染症の発生を予防するために、病原体を殺したり、発病力を弱めた抗原としてのワクチン（vaccine）を接種し、免疫力をつけるのが予防接種（vaccination）です。

フランスのルイ・パスツール、ドイツのロベルト・コッホ等が、先駆的に切り拓いた微生物学や細菌学の成果は、先に言及した東京医学校を卒業した後、一八八五年から九一年にかけてドイツに留学し、コッホのもとで細菌学を学んだ北里柴三郎によって明治日本にもたらされました。

一八九二（明治二五）年に帰国した北里は、一一月に大日本私立衛生会附属伝染病研究所の所長となります。研究所が設立されたのは東京芝公園の福澤諭吉の私有地でした。名称からも、当時の文部省や帝国大学側の北里に対する処遇に疑問を抱いた福澤や長与専斎、後藤新平、森村市左衛門等の援助で発足した機関であることがわかります。

北里が留学していた一八九〇年に、コッホがツベルクリンを創製しています。結核の治療に大きな転換がもたらされはじめていました。その三年前、金之助の長兄・大助と次兄・直則は、相次いで肺結核に命を奪われています。三男の直矩が夏目家の家督を継ぐことになりますが、同じ病を発症してしまいます。

父・直克はこの時、金之助を塩原家から夏目家へ復籍させようとしていました。このとき取りかわされた、証文を買い取る養父とのやり取りが、『道草』の小説内出来事の中心です。その一年後、「漱石」という筆名を、正岡子規の『七草集』余白に使用しますが、子規もまた結核を病んでいました。漱石が生きたのは感染症の時代だったのです。

日露戦争と腸チフス

漱石夏目金之助が、東京大阪両朝日新聞に連載した長篇小説のいくつかにおいて、家督や遺産相続と深くかかわらされている感染症が「腸チフス」です。

『それから』（一九〇九年六月二七日～一〇月一四日）は、主人公・長井代助が、数年ぶりに再会した学生時代の友人・平岡常次郎の妻・三千代との恋に踏み込んでいく物語です。三千代の兄・菅沼を含めた四人の関係性の在り方は「腸チフス」と深く関わっています。

四人《よつたり》はこの関係で約二年足らず過ごした。すると菅沼の卒業する年の春、菅沼の母というのが、田舎から遊びに出て来て、しばらく清水町に泊まっていた。この母は年に一、二度ずつは上京して、子供の家に五、六日寝起きする例になっていたんだが、その時は帰る前日から熱が出だして、全く動けなくなった。それが一週間の後窒扶斯《チフス》と判明したので、すぐ大学病院へ入れた。三千代は看護のため附添として一所に病院に移った。病人の経過は一時やや佳良であったが、中途からぶり返して、とうとう死んでしまった。それればかりではない。窒扶斯が、見舞に来た兄に伝染して、これも程なく亡くなった。

国にはただ父親が一人残った。

連載された一九〇九（明治四二）年の春から、『それから』における物語内部の時間は流れ始めていきます。引用部の直前に、「代助が三千代と知り合いになったのは、今から四、五年前の事で、代助がまだ学生の頃であった」とあります。「今」が一九〇九年春だとすると「五」年前は一九〇四年、「四」年前は一九〇五年、日露戦争のただ中です。ほぼ同じ時期に平岡も菅沼兄妹と知り合っています。

それから「約二年足らず」で、すなわち一九〇五年か六年に「菅沼の母」と「菅沼」が相次いで「窒扶斯」、すなわち腸チフスに感染して命を落としたのです。日露戦争の戦場から帰還した傷病兵が、様々な感染症を持ち帰り、国内での感染が広がる時期でした。先の叙述の直後に「菅沼は東京近県のもので」とあります。

兄を東京帝国大学に進学させ、その妹も「高等女学校を卒業したばかりで」、わざわざ東京に出して「女学校」に通わせるのだから、菅沼の「父親」は、かなりの教育熱心であると同時に、資産家でもあったはずです。

「菅沼の母」が発病した「菅沼」の「家」は、「谷中」の「清水町」にありました。東京帝国大学病院の裏側、上野との間です。

腸チフスは一、二週間の潜伏期を経て発熱し、その後、高熱と共に発疹があらわれます。地理的条件もあったかもしれませんが、「菅沼」の通う東京帝国大学の附属「大学病院」に「母」は入院したのです。三千代は「附添として」「看護」にあたっていたのですから、経口感染を防ぐ対策には十分意識的であったはずです。しかし「見舞に来た兄」は油断していたのか感染してしまいました。

妻のみならず家の跡継ぎまで一緒に失った「父親」が「出て来て始末をした」。「その年の秋」、「菅沼」家に働きかけ、「平岡」と「三千代」の「結婚」において「三千代の方を纏《まと》めたものは代助であった」とあります。

東京で再会した三千代との関係を代助が深めた中で、彼女の父が「日露戦争の当事、人の勧《すすめ》に応じて、株に手を出して全く遣り損なってから、潔《いさぎよ》く祖先の地を売り払って、北海道へ渡った」ことが読者には明らかにされています。

先の引用の直前に「三千代の父はかつて多少の財産と称《とな》えらるべき田畠の所有者であった」と記されているので、代助や平岡が菅沼兄妹と親しく行き来するようになった頃から、「菅沼」の父は「株に手を出して」失敗し、「財産」としての「田畠」を売却せざるをえなくなったのです。その中から妻と息子との東京大学附属病院での入院治療費も支払われていたはずです。

『それから』の新聞連載の翌一九一〇年三月一日から始まった『門』は、主人公・野中宗助が、「五、六日前伊藤公暗殺の号外を見た」秋の日曜日から、作品内部の時間が流れ出す設定になっているので、この日が一九〇九年一〇月三一日であるという歴史的時間が明確になります。

連載がかなり進んだ、単行本における第十四章の冒頭には、「宗助と御米は仲の好い夫婦に違なかった。一所になってから今日まで六年ほどの長い月日をまだ半日も気不味く暮した事はなかった」とあります。

その後、新聞読者には、「宗助と御米」が、「六年」前に「安井」という学生時代の友人を裏切り、「手を携えてどこまでも、一所に歩調を共にしなければならない事」（傍点引用者）となり、「学校から」も「棄てられた」とされ、同じ章の末尾は「これが宗助と御米の過去であった」と締めくくられています。

宗助と御米が安井を裏切って「一所」になったのは、一九〇三（明治三六）年でした。この出来事は第四章では「二年の時宗助は大学を去らなければならない事になった」とあり、読者はその真相を、十章後に知ることになる設定になっているのです。

その第四章では、先の一文に続けて「東京の家へも帰えれない事になった。京都からすぐ広島へ行って、其所に半年ばかり暮しているうちに父が死んだ」とあります。

宗助と御米が安井を裏切る出来事は、「散り尽した桜の花が若葉に色を易《か》える頃に終った」（第十四章）とあるので、宗助の「父が死んだ」のは、「日露開戦」の世論が沸騰していた一九〇三年の年末ということがわかるわけです。

父の死後、宗助は、残されていた「借金」の始末を、相続した「自分の家屋敷の売却方《かた》について一切の事を叔父に一任してしまった」（第四章）のです。そして「道具類」を「売り払った」りして「約二千円」残り、そのうち半分を弟・小六の学資として叔父に渡して、宗助は「広島に帰って行った」とされます。

土地が「売れた」のは「それから半年ばかりして」のことなので一九〇四年六月頃です。満州軍総司令部が設置されるのが六月二〇日です。売れた金額は父の「借金」返済の「立替を償うに足る金額」と伝えられただけで、何度手紙を出しても「委細は御面会の節」と要領を得ませんでした。

日露戦争の海軍の出撃拠点の一つが、一九〇三年の「海軍工廠《こうしょう》条例」によって造船、造機、造兵のみならず製鋼部をもった呉海軍工廠の立地する広島でした。日露戦需景気の中で、京都帝国大学を二年のときに退学させられた宗助にも、就職口があったからこそ、父の葬式の後、急いで「広島に帰って行」かねばならなかったのです。

「三、四回書面で往復を重ね」たが、叔父からは「いずれ御面会の節」が「繰り返」されました。宗助の状況の「都合が付いた」のは、「三カ月ばかり」後、一九〇四年の九月から一〇月の頃でした。

八月一〇日の黄海海戦で日本側が制海権を握り、八月末からの遼陽会戦で日本軍の死傷者は二万三五〇〇人以上に達します。戦場から多くの傷病兵が日本の軍事拠点に戻ってきます。宗助は「腸窒扶斯」に感染し、上京を断念します。

「六十日余りを床の上に暮らした上に、あとの三十日ほどは十分仕事も出来ない位衰えてしま」います。三カ月も病欠勤をすれば、「仕事」は解雇されてしまいます。「宗助はまた広島を去って福岡の方へ移ら」ねばならなくなり、父の遺産問題は曖昧《あいまい》なままになっていくのです。

宗助が「腸窒扶斯」で「床の上」にいる間に、旅順総攻撃が行われ、ステッセルが降伏します。一九〇五年一月一日、大日本帝国は旅順陥落に沸いていました。九月にポーツマス講和条約が結ばれ、日露戦争は終結しました。一一月に韓国植民地化に向け第二次日韓協約が結ばれ、一九〇六年二月一日、韓国統監府が開設され、伊藤博文が初代統監となります。

宗助と御米夫婦が福岡での二年間の生活から、友人の紹介で東京へ戻るのは一九〇七年、同じ崖下の借家に住む老夫婦の息子は、韓国統監府に勤めています。宗助の「腸窒扶斯」は、こうした日露戦争をめぐる、数年間の歴史的記憶を新聞小説の読者に想起させるのです。

インフルエンザの時代

『門』において、宗助と御米が安井を裏切ることになる直前に、三人で「神戸の方に」旅行をしています。安井が「僕の妹だ」と宗助に御米を紹介して、秋から同棲をしはじめた年の冬、安井は「悪性の寒気に中《あ》てられて、苛《ひど》いインフルエンザに罹《かか》っ」てしまいます。高熱が下がった後もなかなか全快せず、「医者は少し呼吸器を冒されているようだからといって、切に転地を勧めた」からです。

安井と御米は「転地先で年を越し」、繰り返し宗助に「遊びに来い」と「絵端書」を送ってきていました。そして「悉皆《すつかり》癒《なお》ったから、帰る」ので、その前に宗助に「ちょっとでいいから来い」と呼び出しをかけたのです。これに宗助が応じて、三日間一緒にすごして京都に戻った後、宗助と御米は「徳義上の罪」をおかすことになります。漱石夏目金之助の小説においては、世界的な規模で広がる感染症が、作中人物たちの運命の決定的局面を左右していたのです。

『吾輩は猫である』の評判がよかったため、続篇を書くことになった漱石は、「二絃琴の御師匠さんの所《とこ》の三毛子」を登場させます。その「美貌家」（人間世界にもこの頃「美人家」という範疇《はんちゅう》があった）「三毛子」と「吾輩」が親しくなった頃、彼女が病気になります。医者に診せたが要領を得なかったと報告する女中と「御師匠さん」のやり取りです。

「それに近頃は肺病とかいうものが出来てのう」「ほんとにこの頃のように肺病だのペストだのって新しい病気ばかり殖えた日にゃ油断も隙もなりゃしませんので御座いますよ」「旧幕時代にない者に碌な者はないから御前も気をつけないといかんよ」

そして「吾輩」が感染源としての「悪い友達」として、「冤罪《えんざい》を蒙《こうむ》った」のです。

こう書いた数カ月後、金之助が講師をしていた東京帝国大学英文科の学生・小山内薫等の同人誌『七人』に「琴のそら音」（一九〇五年五月）を発表しました。許婚《いいなずけ》が「インフルエンザ」に罹患した「余」が、久しぶりに旧友の文学士・津田真方《まかた》を訪ねて、話のなり行きでそのことを伝えると、彼は「よく注意し給え」と「低い声」で忠告します。

津田が深刻になった理由を質《ただ》すと、夫が「黒木軍に附いている」「陸軍中尉」である「親戚」の「二十二や三」の女性が「インフルエンザに罹って」「一週間目から肺炎に変じて、とうとう一カ月立たない内に死んでしまった」というのです。「黒木軍」とは陸軍大将黒木為楨《ためもと》が指揮した第一軍のことであり、朝鮮北部からロシア軍を撃退して満州に入っていました。

不思議な話として津田は、その夫との手紙のやり取りで、妻が夫に渡した「懐中持《かいちゆうもち》の小さい鏡」に「青白い細君の病気に窶《やつ》れた姿」が「あらわれたというんだがね」と「余」に伝えます。この話を聴いて許婚の容態を心配した「余」は、早朝彼女の家に駆けつけ「インフルエンザは?」と尋ねますが、「とっくに癒《なお》りました」と母親に往《い》なされてしまいます。

この三年後の『三四郎』(一九〇八年九月一日~一二月二九日)の、最終章の一つ前の十二章で、主人公は「インフルエンザ」に感染してしまうのです。下宿に見舞に来たのは、三四郎と同郷の帝大講師物理学者・野々宮宗八の妹・よし子。病人の寝ている部屋に「這入るのを躊躇《ちゆうちよ》した様子」を見せています。


「熱が御ありなの。何なんでしょう、御病気は。御医者様はいらしって」

「医者は昨夕《ゆうべ》来ました。インフルエンザだそうです」


長篇小説の終り近くのよし子と三四郎の病床対面は、第三章と呼応しながら、この長篇小説の枠となっています。野々宮の大久保の借家を初めて訪れた三四郎は、入院しているよし子からの電報で呼び出された野々宮の代りに留守番を引き受けます。その夜、近くで「轢死《れきし》」事件が起こります。三四郎が眼にしたのは、闇の中に「提灯」の「灯の下」に浮かび上がる「右の肩から乳の下を腰の上まで美事に引き千切っ」た、「顔は無創《むきず》」の「若い女」の死体。翌朝帰宅した野々宮に、その事を聴かれて、三四郎は生々しい視覚記憶を言語化しえたのです。

そして入院しているよし子に秋物の着替えを持っていく遣いを、三四郎は野々宮から頼まれ、お茶の水から人力車に乗り、よし子が入院中の「青山内科の玄関迄乗り付け」ます。病室のよし子に、再び「轢死」の話をします。日露戦争後の、多くの男性たちが戦場で命を失ったがための、女性たちの困窮とそれ故の自殺。よし子や里見美禰子も例外ではありません。

問題は、よし子が入院しているのが「青山内科」であるという設定。主任教授は青山胤《たね》通《みち》。青山は一八八二年に東京大学医学部を卒業し翌年ドイツに留学し、内科学を学び、八七年に帰国してただちに帝国大学医科大学教授となります。

一八九四年に香港でのペスト流行の際、調査研究のため現地に派遣され、自らも感染してしまいます。このとき同行していたのが、帝国大学には受け入れられず、大日本私立衛生会附属伝染病研究所の所長となった北里柴三郎であり、北里はこの調査でペスト菌を発見したともされています。

　この年の六月、朝鮮における甲午農民戦争に出兵した大日本帝国は、七月一六日に大英帝国との条約改正の調印に成功し、対外戦争ができる国家となり、七月二五日、日清戦争が始まりました。いうまでもなく香港は一八四〇年のアヘン戦争以来、大英帝国の植民地でした。

　野々宮よし子の病名は明らかにされていませんが、「青山内科」という医局名からは、感染症と帝国主義戦争の記憶が、多くの読者に喚起されたはずなのです。彼女の見舞を受けた三四郎が「インフルエンザ」に感染したのは、一九〇七年一一月の「文芸協会」第二回演芸大会の時のようです。主催者の中心は島村抱月でした。

　現実世界においては、漱石が没した一年一一カ月後、抱月は「スペイン風邪」と名指された、アメリカ発の新型インフルエンザで命を落とし、松井須磨子が後追い自殺をしました。第一次世界大戦で一気に広がった感染症です。

　この感染症が「スペイン風邪」と命名されたのは、スペインが第一次世界大戦の中立国だったからです。本当はアメリカ軍から感染症が広がったのに、それは隠され、戦時報道管制の外にあった中立国スペインがあたかも感染症の発生地であるかのように誤解されてしまいました。

新「出エジプト記」
――我らは熱夢から出でて共に生きる世界に旅立てるか

浜矩子

漱石が生きたのは、感染症の時代だった。小森先生の論考の中にこの一文がありました。背筋がぞわっとする響きがあります。我々が生きているグローバル時代も、感染症の時代として歴史に刻み込まれていくのでしょうか。

我らに「過ぎ越しの日」は来るか

全人類が新型コロナウイルスの襲来にさらされる中、我が母が、しばしば「神様は我々の何にお怒りなのか。どうすれば、お怒りをお鎮めいただけるのだろう」とつぶやくようになっています。菅義偉《すがよしひで》氏の映像に向かって「奸佞《かんねい》！」と言い放つ時とは、まるで声音が違います。当惑し、思い詰めている口調になります。

母のこの問いかけが、筆者の脳裏に「過ぎ越し」という言葉を浮かび上がらせました。

我らキリスト教信者にとって、これはとても大切な言葉です。旧約聖書の「出エジプト記」に登場します。エジプトで過酷窮《きわ》まる奴隷生活を強いられているイスラエルの民を、神が「約束の地」を目指して脱出させる場面です。

イスラエルの民の解放を頑《かたく》なに拒むエジプトのファラオに対して、神はとてつもない災禍を次々に下されます。エジプト中の水という水が血に変わる。エジプト全土が蛙で覆われる。エジプト中の人と家畜が腫《は》れ物だらけになる。等々。それでも、便利使いしている奴隷たちを手放そうとしないファラオ。この頑迷さも、実は神が敢えて彼らの心を頑なにされたためなのですが、それはさておき、ついに決定打となったのが、神が「エジプトの全ての初子」の命を奪われたことでした。

ある夜、神はエジプト全土を巡り、全ての人と家畜の第一子を殺されたのです。その夜に向けて、神はイスラエルの民に対して、家庭ごとに小羊を屠《ほふ》り、その肉を食べ、その血を家の入口に塗っておくよう命じられました。そして次のように言われます。

あなたたちのいる家に塗った血は、あなたたちのしるしとなる。血を見たならば、わたしはあなたたちを過ぎ越す。わたしがエジプトの国を撃つとき、滅ぼす者の災いはあなたたちに及ばない。この日は、あなたたちにとって記念すべき日となる。（出エジプ

ト記12・13〜14　新共同訳）

我々は、神様にどのようなサインを送ればいいのか。どのようなしるしを軒先に掲げれば、怒れる主は我々の頭上を過ぎ越してくださるのだろう。このことを、経済の観点から考えてみるとどうなるだろう。どんな解答が出てくるか。経済活動の在り方をどうすれば、過ぎ越していただけるためのサインになるのだろう。神様にお怒りをお鎮めいただけるような経済活動の姿とはどのようなものか。

母が上記の問いかけを発するようになって以来、これらのことを思い巡らして来ました。そして、我々がしるしとして差し出すべきなのは、人間がお互いに幸せをもたらし合えるような経済活動の姿だ、そうに違いないと思うにいたっています。人々がお互いを不幸にするような経済活動は、真の経済活動ではありません。経済活動を装った偽物です。偽りの経済活動です。したがって、我々は、今の経済活動のどこが偽物で、そのどこに偽りがあるのかを見極めなければいけません。どのような形で、今日の経済活動の在り方が我々を不幸にしているのかを見定めなければなりません。

偽りと不幸の三つの元凶

偽りと不幸の元凶は、どうも三つあるように思われます。それらを、それぞれ一つのキーワードで表現してみれば、その一が「経済成長」、その二が「経済合理性」、その三が「自己責任」です。順次、みて行きたいと思います。

まずは、第一の問題キーワード、「経済成長」です。経済とは、成長しなければならないものだ。多分に、このように思い込まれている面があります。ですが、これは違います。経済活動を三角形に見立てれば、その三辺は成長と競争と分配だと考えることが出来ます。そして、この三辺のうち、いずれが一番重要になるかは、経済活動の局面や発展段階によって変わってきます。いかなる場面でも、成長が一番大事だということは、決してありません。経済活動がどうしても成長を必要とする場面は二つあります。むしろ、二つしかないといった方がいいでしょう。

それら二つの場面は、「これから全てが始まる時」そして「これまでの全てを失った時」です。生まれたての若い経済は、どんどん成長してその規模を大きくしていかなければ、人々に雇用をもたらし、収入獲得機会を提供することが出来ません。それが出来なければ、人々は生きていけません。乳幼児の死亡率を抑え込めません。これほど不幸なことはありません。ですから、これから全てが始まる生まれたての経済は、せっせと成長する必要があります。これまでの全てを失った経済も、大急ぎで成長し直さなければなりません。戦後に焼け跡経済と化した日本経済がその典型例です。あの時の日本経済は、何はともあれインフラを再整備し、工場生産を再稼働し、規模の再拡大を目指さなければなりませんでした。さもなくば、せっかく平和が戻ってきたのに、人々が餓死していくという状況でした。あの時こそ、成長待ったなしの場面でした。

ですが、今の日本経済は、これから全てが始まる経済でもなければ、これまでの全てを失った経済でもありません。今の日本経済は豊かな経済です。若い経済ではなくて成熟経済です。経済活動のそのような三角形において、なおも成長の辺ばかりを伸ばし続けようとし、成長のベクトルばかりを強化しようとすれば、三角形の形が崩れるばかりです。

今の日本経済が最も強化すべきは分配のベクトルです。大いなる豊かさを上手に分かち合う。そこを目指さなければいけません。それなのに、やたらと成長ばかりにこだわっていれば、神はお怒りを鎮めてくださらないでしょう。グローバル経済的にみても、然りです。地球経済をひたすら成長させ続けようとすれば、地球経済は地球をはみ出してしまうかもしれません。それが既に起こり始めているからこそ、温暖化が進行し、異常気象が常態化し、大災害が頻発するようになっている。そのようにいえるでしょう。このような形で人々に不幸をもたらす経済活動は、間違いなく偽りの経済活動です。そのようなものに振り回されている人類の頭上を、神は過ぎ越してくださらないでしょう。

第二の問題キーワード、「経済合理性」に進みます。経済合理性という言葉は、その使われ方に大きな問題があります。従業員に高給を差し上げたいのはやまやまだ。だが、経済合理性を考えれば、なかなかそうはいかない。そのように経営者が言ったりします。

皆さん、原発がお嫌いなのはよくわかります。反原発を唱えられるのも、誠にごもっともです。ですが、経済合理性の見地に立てば、やはりエネルギー政策の中に原子力は欠かせません。原発抜きでは日本経済を成長させられませんよ。それでもいいんですか？　政策立案者たちがそのように脅しをかけてきます。

経済合理性という言葉を、こんなふうに使ってはいけません。これは誤用です。意図的悪用といった方がいいかもしれません。「経済合理性」があるという時、それは「経済活動の在り方として、合理的だといえる状態が実現されている」ことを指します。合理性のある経済活動の在り方とは、どのようなものか。それはすなわち、人々を幸せに出来ている経済活動の在り方にほかなりません。

低賃金に甘んじることを強いられている人々は、幸せではありません。ですから、そのような状態に人々を追い込む経営には経済合理性がありません。原発には、人の命を脅かす側面があります。我々は、スリーマイル島やチェルノブイリや福島の原発事故で、そのことを思い知らされました。人間にとって、生命の危機にさらされるほど不幸なことはありません。生存権は、基本的人権の最も基礎的部分です。そこを突き崩すような政策選択に経済合理性はありません。経済合理性があるかないかの判断基準は、基本的人権が守られているか否かです。基本的人権の礎となりえないようであれば、そのような経営判断にも政策決定にも、経済合理性は皆無です。

第三の問題キーワードが「自己責任」でした。これについては、既に第一部のコラムでも取り上げた通りです。グローバル・ジャングルは、生き馬の目を抜く弱肉強食と淘汰《とうた》の修羅場だ。そこで生き抜いていくためには、自力と自己責任の下で勝利を重ね、常に勝ち組に身を置いておかなければならない。そのためなら、何をしても許される。何でもしなければならない――誰もがそのような思い込みの下で行動すれば、我々は間違いなくお互いを不幸にします。

熱夢に憑りつかれた地球経済

偽りの三つの元凶に駆り立てられて、我々は熱夢をみていた。そのように思います。熱夢という言葉は、辞書にはありません。過ぎ越していただけない我々の状態を考えている中で、我が脳裏に浮かんだ言葉です。経済成長をひたすら追い求め、誤解に満ちた経済合理性にとらわれて、自己責任論に振り回されて来た人類は、ムンムンする夢うつつの中を、物凄い勢いで駆けずり回ってきました。グローバル化とIT化がひたすらヒートアップする中で、熱夢に煽《あお》られて弾丸ツアーのごとき日々を送ってきました。人々の熱夢が発散する熱気によって、地球は温暖化し、異常気象が広がり、数多くの災害が発生するようになりました。我々の熱夢が地球をへとへとにさせていたのです。やれ、グローバル化だ、IT化だ、ロボット化だ、フィンテックだ、キャッシュレス化だ。そんな具合に騒ぎまくって、焦り過ぎ、熱くなり過ぎていたと思うのです。熱し過ぎた夢に憑《と》りつかれて、お互いを幸せにすることを忘れ去っていました。熱夢から目覚めよ。神様はそう言われているのではないか。そう考えるところです。

神がエジプトにもたらされた様々な災禍の中には、「疫病の災い」もありました。そのおかげで、エジプト全土の家畜が死に絶えたのです。コロナという災禍に見舞われた人類は、それによって熱夢から目覚めることが出来るでしょうか。それとも、エジプトのファラオたちと同じような頑《かたく》なさを発揮して熱夢にしがみつき、喉元過ぎればまた狂乱し、舞い上がってしまうのでしょうか。

ひょっとすると、そうでもないかもしれません。それを期待させるものがないわけではありません。この間、我々はお互いに対して思いやり深くなったと思います。オンライン画面を通じて、様々な分野のアーティストやアスリートたちが、我々に様々なパフォーマンスをプレゼントしてくれるようになりました。お裁縫の名手たちが、洒落《しやれ》たマスクを見ず知らずの他者のためにどんどんつくり、惜しげなく世に送り出してくれました。勇敢で忍耐強い医療関係者たちに向かって、感謝の大喝采《かつさい》がグローバル社会の津々浦々で湧き上がりました。

残念ながら、心無き誹謗《ひぼう》中傷やイジメや排除もあります。コロナ感染者に対する差別もあります。このような言動、このような残酷さは、息を呑むように醜く、悍《おぞ》ましく、疎《うと》ましい。熱夢から目覚めようとしている人々の強さと優しさで、この醜悪な闇が切り裂かれ、吹き飛ばされていくことをひたすら祈ります。そして、確信もするところです。なぜなら、他者に手を差し伸べようとする人々は光の子です。そして、闇は光に勝てません。「出エジプト記」は旧約聖書の一部ですが、新訳聖書の中には次の一節があります。「光は暗闇の中で輝いている。暗闇は光を理解しなかった」（ヨハネによる福音書1・5　新共同訳）。闇には光がわからない。目の前にいる光の子たちの存在が、闇の群団には見えないのです。見えないものには、勝ちようがありません。かくして、光は闇に必ず勝利します。

熱夢から目覚めるということは、とりもなおさず、我々が共に生きる生き方を会得することを意味していると思います。共生と共存は違います。共存していても、手を差し伸べ合うことをしなければ、共生しているとはいえません。支え合いなき共存は分断です。パンデミックがいつ過ぎ去るかわからない中で、我々は共生の生態系としてのグローバル・ジャングルをどう守り抜こうとしているのか。神はそれを我々に問いかけておいでなのだとも思います。

これからもずっと感染回避を意識して生きていくとなれば、ヒト・モノ・カネが物理的に国境を越えるペースは落ちていくことになるでしょう。そのこと自体が、熱夢からの目覚めにつながっていく面があるでしょう。特に人々の越境的な動きはペースダウンすることになりそうです。

ですが、万事があまりにも萎縮《いしゅく》してしまっては、経済活動が回りません。経済活動が全くの停止状態に陥れば、人々は不幸になります。生命の危機にさえさらされてしまいます。人間の営みである経済活動は、人間を幸せにするためにあります。それが出来ないところまで、経済活動を萎《しぼ》み込ませてしまってはいけません。越境することなしに、経済の萎縮を食い止めるにはどうすればいいのでしょうか。「越える」ことが出来ないのであれば、「超える」ことをもって臨む。そうなれば、新たな境地が開けるかもしれません。

共に生きる人々は、国境を物理的に越えられなくても、それを超えて共生する。国境を超えて手を差し伸べ合う人々が、経済活動の新たな形を生み出す。共に生み出す。それが出来た時、神様の怒りの手は我々を過ぎ越してくださりそうな気がします。熱夢から目覚めよ。闇を切り裂く光の子となれ。共に生きる術《すべ》を見い出せ。越から超の世界に旅立つべし。そう言われているように思います。母の見解はどうでしょう。語り合ってみなければいけません。

あとがき

「アベノミクス」批判など、経済と政治の問題では、何度も浜矩子さんと対談をさせていただいてきました。ある時、浜さんが内田百閒の愛読者であることをうかがいました。もちろん、百閒は夏目漱石の晩年の弟子で、漱石とのかかわりを、思わず吹き出したくなる洒脱《しゃだつ》な随筆で書き綴ってきた文学者です。

これは今までにない文学談義が、浜さんと出来るのではないか、と朝日カルチャーセンター・新宿教室で対談をやらせていただくことになりました。近代文学研究者の私としては、百閒を案内役とする漱石文学の魅力についてお話をするつもりでいたのですが、きわめて本質的な意味での、ヒトとモノとカネをめぐる関係性の対話になっていきました。

この想定外の対談の流れが、読者のみなさんに、本書を読み進めていただく際に楽しんでいただける要所になります。つまり、小森が驚いているところに注目していただくと、経済をめぐる最も原理的でかつ現代的な諸問題が浮かびあがってくると思います。

ヒトの問題系においては、「信用」をはじめとして、社会的な関係性がどのように形成されていくのかが解明されていきます。モノについては、人間社会にとっての「生産」活動の意味などが考察されていきます。そしてカネについては、あらゆる角度から、原理的な分析がなされていきます。

対談の補足のために、要所に対談終了後、それぞれ気がついたところを、短いコラムとして書き加えてあります。

本書をまとめている最中に、世界中が「コロナ禍」にみまわれていきました。実は、夏目漱石は、自らの小説の中で、作中人物たちの運命を決定する重要な要因として、インフルエンザや腸チフスといった感染症の問題を、繰り返し位置づけています。

漱石没後の、第一次世界大戦の最終段階で、世界中に「スペイン風邪」と名付けられた新型インフルエンザが広がりました。「スペイン風邪」と名付けられたのは、スペインが第一次世界大戦の中立国だったからです。連合国側で一九一七年に参戦したアメリカ軍を中心に感染が広がりましたが、軍事機密として隠蔽《いんぺい》されていたのです。

その意味で、「新型コロナウイルス」の感染症が一気に世界的に広がった、グローバリゼーションの時代としての現在と、一〇〇年前の漱石と百閒の時代とを、あらためて合わせ鏡にして歴史的考察を試みたのが、「二」におけるエッセイになっています。

あとがき

一〇〇年以上前に、漱石と百閒との間で繰り広げられた、金銭をめぐる絶妙なやり取りを通して、読者のみなさんに、あらためてヒトとモノとカネとの三角関係を、オモシロオカシク、なおかつカシコクとらえ直していただけることを願っています。

本書の構成の在り方を含めて、たいへん大きな努力を重ねていただいた、新日本出版社の角田真己さんに心から感謝いたします。

二〇二〇年一〇月

小森陽一

小森陽一（こもり・よういち）

東京大学名誉教授、文芸評論家。「九条の会」事務局長。1953年東京生まれ。北海道大学大学院文学研究科国語国文学専攻博士後期課程退学。『戦争の時代と夏目漱石　明治維新150年に当たって』（かもがわ出版 2018年）、『「ポスト真実」の世界をどう生きるか』（新日本出版社、2018年＝浜矩子氏との対談も収録）、『子規と漱石　友情が育んだ写実の近代』（集英社新書、2016年）、『死者の声、生者の言葉』（新日本出版社、2014年）、『漱石論　21世紀を生き抜くために』（岩波書店、2010年）など著作多数。

浜矩子（はま・のりこ）

同志社大学大学院ビジネス研究科専門職学位課程教授。エコノミスト。1952年東京生まれ。一橋大学経済学部卒業。75年三菱総合研究所入社、同英国駐在員事務所初代所長、同政策・経済研究センター主席研究員などを経て現職。『「共に生きる」ための経済学』（平凡社新書、2020年）、『小さき者の幸せが守られる経済へ』（新日本出版社、2019年）、『「通貨」の正体』（集英社新書、2019年）、『どアホノミクスの断末魔』（角川新書、2017年）、『浜矩子の歴史に学ぶ経済集中講義』（集英社、2016年）など著作多数。

装丁　小林真理（スタルカ）

大借金男《だいしやつきんおとこ》・百閒《ひやつけん》と漱石《そうせき》センセイ

2020年11月30日　初　版

著　者　小森陽一
　　　　浜矩子
発行者　田所稔

郵便番号　151-0051 東京都渋谷区千駄ヶ谷4-25-6
発行所　株式会社　新日本出版社
電話　03（3423）8402（営業）
　　　03（3423）9323（編集）
振替番号 00130-0-13681
印刷　亨有堂印刷所　　製本　光陽メディア

落丁・乱丁がありましたらおとりかえいたします。

ISBN978-4-406-06512-2 C0095　Printed in Japan

好評の既刊書

小森陽一編著

「ポスト真実」の世界をどう生きるか
――ウソが罷り通る時代に

移民を犯罪者扱いする大統領、「慰安婦」報道が日本を傷つけたと語る首相。事実をねじ曲げ、特異な自説を主張する言葉が溢れています。そして公文書の改竄も……。こうした背後に何が？　香山リカ、日比嘉高、浜矩子、西谷修の四人の識者と、パソコンもインターネットもやらない小森さんとの対話から、私たちの社会が今どうなっているか、わかりやすく見えてきます。

四六判並製二二四ページ、本体価格一八〇〇円